LA TOUR

DE BRAMAFAN,

OU LE CRI DE LA FAIM.

On trouve, chez le même libraire, les ouvrages suivans de Madame Gottis.

Marie de Valmont, 1 vol. in-12.
François Ier, 2 vol. in-12.
Le jenne Loys, prince des Francs, 4 vol. in-12.
Ermance de Beaufremont (chronique du IXe siècle), 2 vol. in-12.
La Jeune Fille, ou Malheur et Vertu, 2 vol. in-12.
Catherine Ire, impératrice de Russie, 5 vol. in-12.
Jeanne-d'Arc, ou l'Héroïne française, 4 vol. in-12.
L'Abbaye de Sainte-Croix, ou Radegonde, reine de France, 5 vol. in-12.

Pour l'enfance.

Contes à ma petite Nièce, 2 vol. in-18, ornés de 6 jolies gravures.
Ce petit cours de morale a obtenu le plus grand succès.

IMPRIMERIE DE HUZARD-COURCIER.

LA TOUR
DE BRAMAFAN,

OU LE CRI DE LA FAIM;

ET

Deuterie; Lampagie et Monouz; Charles III;
Régine de Roche-Brune; Childéric et Néliska;

CHRONIQUES FRANÇAISES,

RECUEILLIES ET PUBLIÉES

PAR Mme A. GOTTIS.

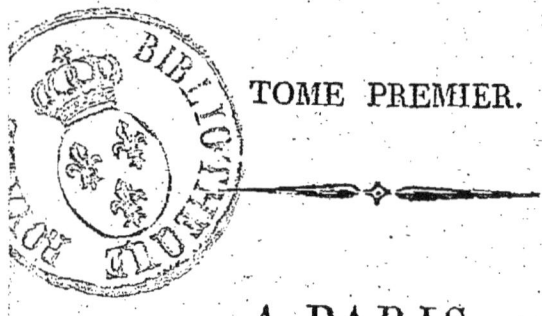

TOME PREMIER.

—◆—

A PARIS,

CHEZ AUGUSTE BOULLAND ET Cie, LIBRAIRE,
RUE DU BATTOIR, N° 12.
1824.

ANCIENNES
CHRONIQUES
FRANÇAISES.

~~~~~~

DEUTERIE,

OU LA MÈRE CRIMINELLE.

FAIT HISTORIQUE DU VIe SIÈCLE.

La trompette guerrière retentissait dans
les riches plaines du Languedoc : les Visigots, profitant des débats survenus entre
les rois de France et de Bourgogne, s'é-
taient emparés de plusieurs cités. Thierry,
roi de Metz, et Clotaire, roi de Paris, en-

voyèrent contre ces barbares, leurs fils Gontaire et Théodebert, pour les combattre, et les punir de leurs coupables entreprises.

Gontaire ne fut pas heureux ; rappelé par son auguste père, il revint à Paris se reposer des fatigues d'une campagne inutile. Théodebert, plus ardent et plus courageux, n'imita point l'exemple de son faible cousin ; il resta à la tête de l'armée, et bientôt le succès couronna son audace ; il reprit aux Visigots quelques villes et de nombreux châteaux.

Tout le Languedoc aimait à célébrer les louanges de son libérateur ; les troubadours chantaient ses exploits ; les belles lui adressaient de doux sourires : cependant aucune n'avait encore subjugué ce cœur, entièrement soumis à la vaillance et à la gloire !

Plus il recueillait de lauriers, plus il en souhaitait! Noble et louable ambition! Qu'il est digne d'amour le héros qui brave les dangers pour affranchir son pays de l'ennemi qui voudrait l'envahir! combien les peuples lui doivent de reconnaissance! Jeune Théodebert, tu commençais ta périlleuse carrière; cependant le Visigot sentit la force de ton bras, et tu ne démentis point le sang de Clovis, qui coulait dans tes veines!

Beziers seul résistait, Beziers séjour aimé du ciel. Un chef intrépide, valeureux, défendait ses nobles remparts : il opposait un courage froid et tranquille au courage impétueux du fils de Thierry; mais que peuvent l'intrépidité, le dévouement, la résistance la plus opiniâtre contre les arrêts du destin! Beziers devait rentrer sous la puissance de ses maîtres; il succomba, et le vainqueur, suivi de ses vaillantes cohortes, franchit cette enceinte désolée.

Les chefs désarmés furent amenés devant le prince : les lois de la guerre ordonnaient leur trépas; ils le subirent. Déjà plusieurs étaient frappés de la flèche homicide, quand on vit accourir au camp des Français, une femme pâle, échevelée, et portant sur ses traits les marques du plus violent désespoir.

Sauvez mon époux, prince, s'écriat-elle en tombant aux genoux de Théodebert, sauvez-le, par pitié.... Les sanglots étouffèrent sa voix. Surpris du sentiment inconnu qu'il éprouve, il la relève, et tremblant, ému, il dit : Ne craignez rien, madame, votre époux vous sera rendu..., votre époux sera sauvé! Où est-il? désignez-le.... — Le voici, seigneur, le voici! et cette belle créature se précipita dans les bras d'un guerrier dont les cheveux blanchis et les nobles cicatrices annonçaient la maturité de l'âge.

Théodebert reste immobile de surprise : l'étrangère est jeune, d'une rare beauté, et paraît être d'un rang élevé ; il la considère avec des yeux remplis d'un feu dévorant : qu'éprouve-t-il ? il est confondu du trouble qui l'agite. Pourquoi ces regards aimables et pleins de douceur portent-ils le désordre dans son âme ? D'où vient le sourire qu'elle adresse à son époux enfonce-t-il dans son cœur une pointe acérée ? Quelle faiblesse ! cent fois il admira des tresses blondes et des traits enchanteurs, et cent fois son oreille fut frappée des sons d'une voix harmonieuse et tendre !

Chefs ennemis, dit-il à ceux qui avaient échappé au trépas, chefs, retournez dans vos familles : je vous accorde la vie ; mais

jurez à Dieu, jurez à moi, votre vainqueur, que vous respecterez les lois du
monarque français ; jurez que jamais vos
armes ne ravageront la belle Occitanie, et
que jamais vos pas ne fouleront ses prés
verdoyans et ses vallées délicieuses.—Nous
le jurons, s'écrièrent-ils en élevant leurs
bras vers le ciel. — Voici vos épées, ajoute
Théodebert, reprenez-les : allez. Tous s'é-
loignèrent.

Fils de Thierry, dit l'époux de la belle
inconnue, que je suis coupable!... je suis
Français...—Et tu portas les armes contre
ton roi ? — Ne m'interroge point. Qu'il te
suffise de savoir que je reçus un sanglant
outrage du farouche Clotaire... Je me joi-
gnis aux Visigots.—Et ta patrie, et la
France, devaient-elles être victimes de tes
emportemens ? Pour te venger, tu fis périr
tes concitoyens ; pour te venger, tu as reçu

le nom de traître! — Jeune homme, arrête.... je pourrais oublier que je te dois la
vie. — Je te plaindrais si tu l'oubliais. —
Seigneur, s'écria l'étrangère, daignez avoir
pitié des malheurs de l'époux de Deuterie!
— Deuterie! Deuterie, ne craignez rien.
Vous, seigneur, allez revoir vos foyers,
vous êtes libre. — Théodebert, reprit le
vaincu, je vous admire; si jeune, unir tant
de valeur et de prudence! Excusez un reste
de déplaisir.... Mais, prince, si vous oubliez et mon emportement et mon crime,
daignez venir vous asseoir à ma table, venez: Maurice, sire de Cabrière, mettra sa
gloire et son bonheur à recevoir un hôte
aussi magnanime, aussi généreux.— J'irai,
seigneur; j'irai, Maurice, répond Théodebert, en laissant échapper un soupir. Un
regard de feu se porta en même temps sur
la belle Deuterie; les lis de son teint fu-

rent nuancés d'une teinte de pourpre; elle baissa ses longues paupières, et suivit son époux. Théodebert, transporté, aurait voulu marcher sur ses pas, pour s'enivrer du plaisir de la voir plus long-temps.

Le cœur du prince, jusqu'alors insensible à l'amour, avait été frappé subitement d'un trait de flamme en voyant la charmante Deuterie : sa beauté touchante, ses doux regards, sa taille élégante, et surtout cette voix qui séduisait et l'âme et les sens; tant de grâces et d'attraits triomphèrent de son indifférence. Il a vu la dame de Cabrière, et déjà l'aime éperdument.

Impatient de la revoir et de l'entendre encore, à peine reçoit-il les hommages des principaux habitans de la ville soumise; il termine en peu d'instans les plus importantes affaires; il accueille avec distraction

les félicitations d'un peuple qu'il a sauvé.
Les cris de joie, les acclamations le fati-
guent, l'importunent : une passion violente en un instant absorbe, et sa raison,
et ses idées de gloire et de triomphe.

Enfin il est libre ; enfin il peut voler où
le plus ardent amour l'entraîne. Il monte
son coursier, et l'éperon aigu perce les flancs
du noble animal, qui marche trop lentement au gré de la passion dont son maître
est dévoré. Bientôt il aperçoit les créneaux
et les tours du château de Cabrière. Beziers
a disparu à ses regards indifférens.

Un de ses pages sonna du cor ; un autre
cor répondit : la herse s'ouvrit, et le pont-
levis livra passage au convive royal. Maurice reconnaît le fils de son monarque : ho-
noré d'une semblable visite, il se hâte
d'aller au devant de lui.

Noble Maurice, dit-il, je viens mettre

à l'épreuve l'hospitalité que vous m'avez offerte ; je viens passer quelques jours sous votre toit : heureux si je puis, dans cet intervalle, vous faire oublier les sujets de haine que vous éprouvez pour un souverain de ma famille. Maurice salua le prince avec courtoisie, s'empara de la bride du superbe Palefroi, et tint l'étrier pendant que Théodebert mettait pied à terre.

Deuterie avait été instruite de l'arrivée du vainqueur de son époux ; un mouvement d'orgueil fit palpiter son sein : elle était belle, peut-être coquette ; ses yeux pénétrans, et cet instinct de vanité, qui anime le caractère des femmes, l'assurèrent que ce voyage précipité n'avait d'autre but que de se trouver près d'elle. Deuterie sourit à son triomphe, et passa dans sa chambre pour réparer le désordre de sa toilette.

Relevant avec un poinçon d'or ses longues tresses, ajustant les boucles de ses beaux cheveux autour de son front d'ivoire, et se parant d'un vêtement dont l'éclat devait rehausser celui de son teint, elle attendit, non sans impatience, que le sire de Cabrière la fît prévenir, afin qu'elle se présentât devant son hôte illustre. Un page entra bientôt ; et la belle châtelaine le suivit.

Deuterie n'était point seule lorsqu'elle entra dans l'antique salle ; elle tenait par la main une charmante enfant qui paraissait avoir à peu près six ans : cette petite fille était aussi belle et même plus jolie que son aimable mère.

L'épouse de Maurice s'avança vers le ince : uivant l'usage de ces temps reculés, elle voulut s'agenouiller devant le fils des rois ; il prévint cet acte d'humilité, auquel la beauté n'aurait point dû être asservie ; il le prévint en saisissant les jolies mains de son hôtesse , et la conduisant à son siége favori.

Bien qu'elle fût mère de la jeune Isoline, la dame de Cabrière ne comptait que vingt-trois printemps. Se trouvant dans la force de l'âge et de la beauté , il lui devenait facile de subjuguer Théodebert, novice encore dans le langage séduisant des passions. Cependant le cœur de la belle châtelaine était resté libre jusqu'à ce jour ; son époux, en recevant sa main, n'avait obtenu que du respect et de l'amitié de sa jeune compagne , l'amour n'ayant point formé cette union.

Son cœur et son imagination étaient restés oisifs ; la coquetterie alors devint l'unique occupation de sa vie ; plaire, l'emporter sur toutes les femmes par les grâces de sa personne, par les charmes de son esprit, et par les talens les plus aimables, fut le but unique qui dirigea toutes ses pensées.

Aucune femme ne connaissait mieux qu'elle l'art de baisser avec timidité ses longues paupières ; aucune ne savait employer plus à propos un naïf sourire ; aucune ne savait mieux prolonger un tendre regard, un regard qui portait le trouble dans l'âme de celui auquel il était adressé; aucune ne montrait avec plus d'adresse des dents qui faisaient honte à l'ivoire; aucune enfin ne savait prendre une voix douce et flexible, dont les sons harmonieux et caressans semblaient annoncer une âme pleine d'amour et de sensibilité. Aussi beaucoup d'illustres guerriers se rangèrent-ils au nombre de ses captifs. Fière de ces brillantes conquêtes, elle souriait à leurs souffrances et à leur douloureux martyre.

Habile dans l'art de connaître les sentimens de ceux qui l'approchaient, elle a
deviné ce qui se passe dans l'âme du jeune
Théodebert ; elle a vu son trouble ; au
tremblement de sa voix, à sa rougeur, à
cette palpitation qu'il éprouve, elle a senti
son empire. Heureuse de cette découverte,
Deuterie espère subjuguer entièrement
cette âme de feu , cette âme qui déjà
s'enivre à longs traits de tous les poisons
de l'amour.

Mais Théodebert est ardent, mais Théodebert est prince ; élevé dans les palais
des souverains, destiné à porter la couronne, il est peu habitué au refus. Que
faire s'il lui déclare sa tendresse? Comment
se défendre ? Que répondre à celui qui
peut tout? à celui qui pouvait priver sa
chère Isoline d'un père, elle d'un époux

et d'un protecteur ? Telles étaient les pensées de Deuterie.

Cependant ces pensées importunes s'é-
vanouirent bientôt : se laissant entraîner
aux caprices de son caractère, elle mit tout
en œuvre pour captiver le fils de Thierry :
cette tâche ne fut pas difficile, il avait
besoin d'aimer! bientôt une flamme dévorante circule dans ses veines : bientôt il
ne peut plus supporter la violence de sa
passion, elle absorbe sa vie : son cœur est
trop plein, il a besoin de s'épancher ;
il faut instruire Deuterie de ce qu'il
souffre, il le faut, dût-il en être rejeté
et dédaigné.

Souvent il se fait horreur à lui-même ;
il sent qu'il viole les droits sacrés de
l'hospitalité : il va donc porter le déshonneur dans une famille qui l'accueillit !
il va donc couvrir d'opprobre les cheveux

blancs d'un guerrier généreux! A cette idée, des larmes coulent de ses yeux desséchés par la passion qui le consume... il veut fuir Deuterie, il le doit..; mais, hélas! s'il faut partir, sa mort suivra cette cruelle séparation.

Quelquefois il se rappelle ses aimables entretiens: il redit les chants qu'elle lui fit entendre ; il revoit les doux regards qu'il a surpris attachés sur lui ; il voit cette bouche entr'ouverte qui semble appeler des baisers de flamme! il voit encore, il voit ce sein charmant, palpitant de tendresse et d'émotion. Ces douces chimères calmaient par momens les transports de l'aimable Théodebert.

Mais l'épouse du sire de Cabrière est-elle réellement insensible à l'amour violent qu'elle a fait naître! Ce cœur, jusqu'à ce jour inaccessible aux passions, a-t-il pu

voir tant d'émotion sans la partager ?
Deuterie est-elle encore la même ? ces
yeux remplis d'ardeur, ne portent-ils
aucun trouble dans son sein ? Les aimables caresses dont il accable sa fille,
ne sont-elles pas la preuve que tout ce
qui lui appartient lui devient cher ? ces
baisers qu'il dépose sur les joues fraîches
d'Isoline, ne lui sont-ils pas destinés ? et
ses tendres complaisances pour un enfant,
ne s'adressent-elles pas à sa mère ? Ainsi,
elle-même se plaisait à parer de qualités
séduisantes, celui qu'elle aurait dû éloigner de son cœur et de sa pensée.

Et comment n'être pas touché de l'a-
mour que l'on inspire ! quelle est l'âme
qui peut rester froide, indifférente aux
transports d'un être qui ne respire que
pour un seul objet ? Comment voir d'un
œil sec et sévère cet abandon, ce charme

qui anime ses actions ? Ce touchant embarras, cette timidité, n'auraient-ils aucun pouvoir pour attendrir ? Deuterie l'éprouva : elle voulut dominer une âme qui volait au-devant de ses chaînes ; elle-même tomba dans le précipice qu'elle creusait pour Théodebert.

Insensée ! croyais-tu te jouer sans cesse des passions ? croyais-tu que la nature ne connaît pas les moyens de se venger de celui qui veut la braver ? ne sais-tu point qu'il est une heure, un jour où nous devons aimer ? Plus ce moment fut éloigné, malheureuse Deuterie, plus l'amour que tu vas éprouver sera violent et impétueux !

En vain l'épouse de Maurice se débat contre l'intérêt que lui inspire le jeune prince ; en vain elle appelle l'indifférence, la coquetterie à son secours : désirs, souhaits inutiles ! sa faiblesse l'emporte, son imagination lui retrace sans cesse la beauté, la grâce de ce prince, qui l'aime si tendrement.

Enfin, il hasarde l'aveu de son amour : Deuterie l'écoute sans colère, et les yeux baissés ; elle tremble, son cœur palpite avec force. Elle reçoit cet aveu avec un transport que sa vertu, sa fierté ont peine à dissimuler : le sourire dédaigneux, et souvent moqueur, dont elle accueillait les hommages de ceux qu'elle avait asservis, ne trouve plus de place sur ses lèvres fraîches et vermeilles. Elle écoute, et ne peut apaiser les sentimens tumultueux qui s'élèvent dans son sein.

Vingt fois elle voulut répondre avec sévérité, et vingt fois elle ne put trouver la force nécessaire pour anéantir l'espoir dans le cœur de son amant : ses yeux hu-

mides des pleurs du sentiment, sa rougeur, son silence, auraient trahi la belle
châtelaine aux regards d'un homme plus
exercé que ne l'était le fils de Thierry.

Au contraire, ce même silence porte
le désespoir dans le fond de son âme :
demandant, sollicitant avec ardeur une
réponse, il tombe à ses genoux. Chère et
trop aimée Deuterie, dit-il, je vous suis
odieux, je le vois... ce silence méprisant...
Ah! malheureux prince, jusqu'à présent
tu dédaignas l'amour.... l'amour se venge
cruellement! Et, saisissant avec transport
une des mains de son amante, il la porte
à ses lèvres, y colle ses lèvres brûlantes.
Deuterie, effrayée de sa pâleur, crut qu'il
allait expirer dans ce moment fatal.

Ce baiser de feu parcourt ses veines;
cette émotion extraordinaire l'agite; elle
relève Théodebert. Prince, répondit-elle,

pourquoi me convier d'amour ? je ne
m'appartiens plus.... vous le savez. Non,
je ne vous hais pas.... le pourrais-je? pour-
rai-je être insensible à ce que vous éprouvez pour moi ?... Mais, je suis épouse.... je
suis mère.... Laissez-moi oublier dans la
solitude que je ne puis être à vous! fuyez,
fuyez-moi, trop aimable Théodebert....

Immobile, ravi d'entendre ces paroles
d'une bouche adorée, il contemple avec
ravissement l'objet de sa constante idolâ-
trie: entraîné par l'impétuosité de sa passion, il ne se connaît plus; il prend dans
ses bras caressans celle dont il se flatte
d'être aimé; il lui prodigue mille et mille
embrassemens. Deuterie, séduite par ces
caresses inconnues, séduite par son cœur
et par ses sens, n'oppose qu'une faible
résistance aux emportemens du prince.
Eperdu, transporté, ayant perdu l'usage de

sa raison, il devient coupable, et la dame
de Cabrière partage, et son délire, et son
crime; tous deux s'enivrent à longs traits
à la coupe empoisonnée des plaisirs adul-
tères.

Mais ces plaisirs égarent leur imagination. Deuterie, long-temps coquette et insensible, ressent tous les transports de la
plus violente passion; plus de repos pour
elle; occupée d'un seul objet, lui dévouant à
jamais son être tout entier, elle regarderait
comme une faute, si ses pensées pouvaient
s'éloigner un moment de celui qui la captive pour toujours.

Avec quelle avidité elle observe toutes
les actions de son amant! comme son œil
aime à suivre tous ses mouvemens ! comme
elle épie ses regards ! lorsqu'ils se fixent sur
elle avec amour et sollicitude, qu'elle se
trouve heureuse! qu'elle regrette les jours

où elle vécut sans l'aimer ! Etait-ce exister
que de ne pas le connaître! Jours où j'étais
indifférente, répétait-elle, jours où j'ignorais l'amour de Théodebert, effacez-vous,
effacez-vous de ma vie ! Et, pensive, elle
songeait encore au fils du roi de Metz.

Chaque jour cet aimable prince se plaisait à lui donner des marques de sa brûlante passion : avec quelle joie elle les recevait ! O mon Théodebert, disait-elle,
demande, exige; jamais tu n'épuiseras les
sacrifices que ce cœur tout à toi voudrait
toujours te faire ! — Hé bien, s'il est vrai
que tu m'aimes, s'il est vrai que tu veui lles
me faire quelque sacrifice, Deuterie, que
ton époux ne soit plus que ton frère.....
mon amour s'indignerait qu'il osât partager
ton affection et réclamer ses droits.

Heureuse de cet excès de dé licatesse,
elle promit tout. Esclave à présent de ce-

lui qu'elle voulut asservir, toutes les passions fermentent dans son sein ! même , et
c'était une cruelle injustice , la jalousie et
son mortel poison y germent, et le dévorent :
souvent, dans le silence des nuits, seule,
avec son amour, seule avec son crime,
elle pleure et tremble qu'une autre ne
lui enlève l'objet qui lui coûte sa tranquillité, son repos, sa vertu, sa gloire et sa
renommée.

Ah ! si les heures s'écoulent lentement
pour l'âme souffrante, qu'elles passent vite
pour les amans heureux ! les jours s'évanouissent pour eux avec la même rapidité
que le nuage chassé par le souffle des zé-
phyrs. Deuterie et Théodébert ne les comp-
tent point ; l'un et l'autre ne redoutent-ils
pas le moment où il faudra se séparer !

Leur coupable liaison durait depuis plus
de deux mois ; le prince, toujours plus ar-

demment épris, sent qu'il ne peut plus
différer son départ. Si la jalousie allait
éveiller les soupçons de Maurice; s'il ac-
cusait son épouse d'infidélité, que pourrait-il lui-même alléguer pour sa défense?
N'a-t-il pas violé l'asile, le toit où il fut
accueilli? Devait-il enlever à cet homme
généreux un bien qui lui était si précieux
et si cher? Un regret se fit sentir au cœur
de Théodebert; mais un sourire de sa belle
maîtresse fit évanouir et le regret, et le
remords!

Après de nombreux combats, il fait part
à Deutérie de sa crainte, et de la nécessité
où il se trouve de s'éloigner. A ce discours,
elle se trouble, pâlit et chancelle. Vous,
me quitter! s'écrie-t-elle, vous, Théodebert! et qui me soutiendra dans ma misère?
qui me rassurera? qui calmera les alarmes
qui vont déchirer ce triste cœur? qui me

redira vos actions? qui me parlera de votre gloire, de vos triomphes? enfin, qui vous nommera à mon oreille désolée? O mon bien, ô ma vie, ne m'abandonne point, je t'en conjure.

Vaincu par ses larmes, vaincu par tant d'amour, il reste; mais il est tourmenté. Un père lui avait commandé de revenir aussitôt que la guerre serait terminée : l'ordre était positif; cependant, il reste, et, pour la première fois, il brave l'autorité paternelle.

Un mois s'écoule encore dans l'ivresse des plaisirs. Deuterie n'a plus de crainte; Deuterie a connu combien elle est aimée. Théodebert, pour ne point trahir leur intimité, feint une indisposition grave. Maurice est absent, et le prince est sans cesse auprès de la châtelaine.

Mais, hélas! qui peut compter sur la

stabilité du sort! plus il nous comble de ses faveurs, plus il est prêt à nous trahir. La dame de Cabrière va l'éprouver : un courrier arrive; il est porteur de lettres qui annoncent la maladie du roi de Metz, et l'ordre à Théodebert de se mettre en route sur-le-champ. Il n'est plus possible de reculer cette fatale séparation.

Enfin, cette amante désespérée obtint encore un jour... Un jour, disait-elle, un seul jour, je serai donc encore heureuse! un jour, je pourrai m'enivrer de ta présence! je pourrai couvrir ces traits adorés de mes baisers brûlans... Je pourrai entendre ta voix chérie.... ta voix, qui fait battre et palpiter mon cœur... et qui, hélas, subjugue tous mes sens....

Renfermée depuis lo matin dans son appartement avec Théodebert, elle recevait et rendait les plus tendres caresses. Un

3..

bruit de chevaux se fait entendre ; elle vole à la croisée, et voit non sans frayeur le cortége de son époux, et lui-même, qui traverse les cours. A cette vue, son sang se glace.... elle pâlit : Fuis, cher Théodebert, dit-elle, il revient....; c'est Maurice, c'est mon tyran.... Adieu, adieu....! devant lui je ne pourrais soutenir ta présence... Elle tombe dans ses bras, colle ses lèvres ardentes sur celles de son amant, et s'évanouit. Théodebert, malgré son trouble, entend la voix du châtelain ; il quitte la chambre en proie à l'inquiétude la plus vive.

Le sire de Cabrière monta chez le prince. Monseigneur, dit-il, j'apprends que les ordres du roi vous rappellent près de lui : peut-être vous blâmera-t-il d'avoir fait grâce à un rebelle, car c'est ainsi qu'on me nomme ; mais, seigneur, je fus cruellement offensé par Clotaire. Écoutez, et jugez.

A la dernière assemblée des États, j'osai m'élever contre une injustice que voulait commettre le roi de Soissons. Il se servait d'un prétexte frivole pour s'emparer des biens d'un membre de ma famille, grand vassal de France. Je rétablis les faits tels qu'ils étaient effectivement : le monarque furieux me donna un démenti formel ; je tirai mon épée..., et le tyran eut l'impudeur de me faire désarmer..., moi, feudataire de la couronne ! moi, qui avais toujours soutenu de ma personne, de mes richesses, les droits de mes souverains ! Indigné d'un semblable traitement, je portai les armes contre lui. Voilà la vérité, la voilà tout entière.

Après cette confidence, Théodebert prit congé de Maurice. Craignant de ne pouvoir

surmonter son émotion s'il paraissait chez
Deuterie, accompagné de son époux, il le
pria de lui présenter ses adieux. Il monte
à cheval, quitte ce séjour où il a connu le
bonheur et l'amour.... Il s'éloigne, non
sans tourner les yeux vers la fenêtre
de la chambre de sa douce amie. Hélas!
rien ne se montre à sa vue, et ne lui fait
connaître qu'on s'est aperçu de son départ.

Lorsqu'il fut à quelques lieues du château, le prince met pied à terre. Cette faiblesse, qui accompagne le véritable amour,
lui arrache des pleurs; il connaît quels
obstacles vont s'opposer à son retour; il
connaît les desseins de Thierry, et frémit à
la pensée que ses yeux peuvent ne revo
jamais celle qu'il idolâtre, et pour laquelle
il sacrifierait toutes les grandeurs de la
terre! Il peut tout immoler à sa passion,

excepté l'honneur, et ce qu'il doit à son illustre père.

Il écrit : « Je te quitte, ô la plus aimée
» des femmes!... je te quitte: ô que ce
» mot est douloureux! pouvais-je prévoir
» qu'un jour cette main serait forcée à le
» tracer! je te quitte!.... mais pas pour
» toujours... je t'aimerai jusqu'à ma der-
» nière heure; je t'aimerai jusqu'à mon
» dernier soupir... Jamais je n'oublierai
» ton attachement.... jamais, jamais!
» Hélas, ai-je besoin de te rassurer? Tu
» sais trop que mon cœur ne peut existér
» sans toi! Adieu, ma bien-aimée, adieu,
» ma chère Deuterie ; Théodebert est à
» toi, à la vie, à la mort! »

Il le croit. Douce erreur qui prête tant
de charmes à la plus séduisante des passions! il croit aimer éternellement! mais
le jour et l'instant arrivent, où cette ai-

mable illusion s'évanouit ; les regrets, souvent le dégoût, viennent à la suite d'un
amour que l'on se flattait devoir durer jusqu'au tombeau ! Théodebert aime pour la
première fois, et son âme ardente n'a point
encore senti la force de l'engagement qu'il
vient de prendre. Il le croit ; heureux s'il
n'est jamais détrompé.

L'héritier du royaume d'Austrasie arrive à Metz. Quel nouveau chagrin l'attendait ! il apprend que Thierry n'a plus que
quelques jours à vivre, et que les médecins désespèrent de le sauver. Il vole à la
chambre de son père, tombe à genoux près
de son lit, et arrose de pleurs ses royales
mains.

Le monarque le considère avec tendresse : Mon fils, mon cher fils, je vous at-
tendais pour mourir avec tranquillité ! O
mon noble fils ! venez, embrassez - moi,

peut-être, hélas ! pour la dernière fois !.... Il entoure de ses bras défaillans la tête de son fils bien-aimé, et pose sur son mâle front ses lèvres pâles et flétries.

Si vous voulez assurer mon éternel repos, cher Théodebert, vous devez accomplir ma volonté suprême : j'ai arrêté pour vous un illustre hyménée : la fille du roi des Lombards, la belle Wisgarde est en route pour mes états ; je l'attends. Je veux, je vous ordonne, mon fils, de recevoir cette épouse de la main de votre père mourant. Je le veux.

La foudre tombée à ses pieds lui eût causé moins de terreur que cette nouvelle. Il ne se croyait pas si près de former cette union fatale : comment l'éloigner ! comment oser avouer son criminel amour ! Thierry toujours volage, et sacrifiant sans remords toutes celles qui avaient dû lui

plaire ; traiterait de faiblesse , et ses scrupules , et sa constance. Théodebert ne
trouve aucune réponse à alléguer.

Wisgarde arriva ; elle était jeune, timide, modeste : le prince n'ose point se
déclarer contre l'hymen projeté : pouvait-
il manquer à l'obéissance paternelle ? Il
se fiança à la vierge de Lombardie , mais
les noces furent remises au rétablissement
du monarque. Thierry ne devait pas les
voir s'accomplir : une langueur mortelle
succéda au mal aigu dont il avait été surpris. Il souffrit encore quelques mois. Enfin il paya le tribut à la nature.

Théodebert hérita de ses puissans états:
mais au lieu de ratifier l'union que Thierry
avait conclue, il passa chez la fille du roi
des Lombards : Madame, lui dit-il, lorsque
je me présentai à l'autel pour vos fian-
çailles , j'obéissais aux ordres d'un père :

aujourd'hui je suis libre, ou de briser, ou de ratifier nos liens; daignez m'entendre, et prononcez. J'aime, madame, j'aime une femme qui m'a tout sacrifié... Rien que la mort pourra rompre les nœuds qui m'attachent à elle. Décidez de mon sort, madame. — Roi de Metz, ordonnez à mon escorte de reconduire la fille de l'illustre Wacon dans les riches plaines de la Lombardie. Wisgarde salua le monarque, et se retira. Jeune infortunée, elle aimait l'ingrat que déjà elle regardait comme son époux! Le peuple de Metz la vit partir avec regret.

Tandis qu'il donne une si grande preuve d'amour à sa chère Deuterie, que devient-elle loin de lui? hélas! elle a perdu tout espoir: elle n'a reçu aucune nouvelle de Théodebert; et, pour comble de maux, l'infortune a pesé sur sa tête coupable.

Quelle fut sa douleur, lorsqu'elle s'a-
perçut que sa faute allait avoir des suites
funestes ! comment dérober son crime à
tous les yeux ? comment se présenter devant son noble époux ? que lui dire ? Elle
gémit et pleure : mais ses pleurs, son désespoir, ses gémissemens, lui rendront-ils
l'honneur qu'elle a perdu !.

Non, non, disait-elle, il m'est impossible de soutenir long-temps le pénible
état où je suis ! la mort, une mort cruelle
est préférable à l'horrible situation où je
me trouve ! affrontons-la. Et qu'importent
quelques jours de plus ? quelques jours
qu'il faudrait traîner dans la misère et
dans l'opprobre ? Théodebert, Théodebert,
pourquoi t'ai-je aimé ! Infortunée, dois-tu
regretter les seuls momens heureux de ta
vie ! Et ne suivant que le transport qui la
guide, elle entra chez le sire de Cabrière.

Seigneur, s'écria - t - elle en se précipi-
tant à ses pieds, le crime habite votre
maison : vengez-vous ! O vertueux Maurice, que direz-vous en apprenant et ma
honte et mon crime ! — Expliquez-vous,
madame. — Vous voyez une coupable.... ;
son sein recèle une flamme adultère.... ;
son cœur brûle du plus ardent amour....
Enfin, celle qui porte votre nom va mettre
au jour le fruit de son ignominie ! Frappez, frappez, car j'aime encore l'auteur
et le complice de ma chute déplorable !

Immobile, anéanti, Maurice gardait un
morne silence : tantôt il regardait d'un
œil courroucé cette femme gémissante ;
souvent même sa main se portait avec
fureur sur le glaive suspendu à son côté :
Malheureuse, dit-il enfin, malheureuse,
je devrais te punir... j'en ai le droit... mais
je te laisse vivre : tes remords, l'abandon

du lâche que tu me préfères, et qui te
déshonore, seront mes vengeurs. Éloigne-
toi. Mais le nom, le nom de ton su-
borneur?—Mon cœur le gardera jusqu'au
dernier soupir...Ni menaces, ni tourmens,
ne me feraient le déclarer. — Garde-le,
il souillerait mon oreille. Garde-le.

Aussitôt, il quitte le château de ses
aïeux; il fuit sans revoir cette femme criminelle, cette femme qu'il aime encore :
toujours généreux, et voulant qu'elle fût
respectée de ses vassaux, il commande en
partant que tous ses ordres soient ponc-
tuellement exécutés; il fuit, emportant le
trait douloureux qui déchire son âme.
Toujours bon, il lui laisse Isoline.

Deuterie donna bientôt le jour à un fils :
avec quelle tendresse elle embrasse cet enfant, cause innocente de tous ses maux !
Qu'il lui devint cher! son amour crut dé-

couvrir dans ces traits à peine formés, les
traits du cruel qu'elle adorait encore, malgré son oubli, son abandon et son ingra-
titude.

Dédaignée, et méprisée de son époux,
elle nourrissait ce fils, son bonheur et sa
honte; ce fils, qui seul lui faisait oublier
sa misère et sa position humiliante : elle
épiait le premier sourire de cet enfant
adoré, elle l'arrosait de larmes; et ces
douces occupations charmaient les ennuis
d'une vie malheureuse.

Un jour, le tenant dans ses bras, elle se
reposait à l'ombre des arbres majestueux
qui ornaient sa superbe demeure; l'air
était doux et pur; il était parfumé des
suaves exhalaisons des fleurs du printemps:
depuis long-temps Deuterie n'avait goûté
le calme enchanteur qui enivrait et son
cœur et ses sens.

Tout à coup, des pas précipités la tirent
de sa douce rêverie : elle frémit : si c'était
le sire de Cabrière ! si, transporté de fureur, il allait immoler cet enfant.... ce
fils qui ne lui appartient pas...! O frayeur!
ô. crainte! L'effroi maternel a remplacé
tous les sentimens qui l'animaient : elle est
résolue de défendre son fils... dût - elle y
perdre l'existence.... Inquiète, troublée,
elle le dépose sur le gazon, et le cache
-sous son manteau d'hermine.

Un homme paraît devant elle..; O surprise! ô douce vue ! c'est Théodebert...
c'est lui! c'est son amant!. La joie qu'elle
éprouve absorbe toutes ses facultés; la
force l'abandonne... elle s'appuie sur l'arbre
qui protège le fruit de son amour, et regarde le prince avec des yeux où se peint
le bonheur et la plus vive tendresse...

Elle se tait; la voix manque à ses lèvres

heureuses. Deuterie, dit-il, Deuterie, que
signifie ce silence? parle-moi, oh! parle à
Théodebert! Ses larmes coulent, ce sont
des larmes d'ivresse... Elle se baisse, prend
le précieux dépôt que la nature lui confia,
et le place dans les bras du prince, en
murmurant ces mots : Voilà ton fils et le
mien!

A cette nouvelle inattendue, le jeune
roi reste immobile. Mon fils, dit-il enfin,
mon fils! oh! combien je te dois, chère Deuterie, pour un semblable présent! Mon
fils! il est donc vrai que le ciel nous a
donné un gage du plus tendre amour qui
fût jamais! Et Théodebert couvrait de baisers brûlans, et l'enfant, et l'heureuse mère.

Je viens, ajouta - t - il après quelques
instans de silence, je viens te placer sur
le trône! je viens orner ce front aimable
du diadème des rois! O ma Deuterie! n'ac-

cuse point Théodebert d'indifférence : il
ne put te donner de ses nouvelles ; d'ailleurs, il craignait de te compromettre auprès de ton époux! Thierry ne vit plus:
le trône est à moi, et je puis disposer de
ma main; je te l'offre, à toi, la mère de
mon premier né! Il l'embrasse encore.

Vous, roi! dit-elle, vous, Théodebert!
hélas! — Refuserais-tu de le partager avec
moi ? — Oh! que de piéges seront tendus à
votre fidélité! Vous, roi! au milieu des
plaisirs, au milieu de femmes charmantes
qui chercheront à vous plaire, qui sait si
la tendresse que je vous ai inspirée, n'é-
prouvera pas de fréquentes atteintes! qui
sait ce que le sort me prépare!... Pardonnez
aux craintes de cet amour brûlant qui
m'embrase... pardonnez...j'aime avec transport... et ce cœur est jaloux.... Pourra-t-il
vous voir environné de toutes les beautés

de votre cour, sans ressentir des peines déchirantes! Ah! Théodebert, laissez-moi dans ma profonde solitude... Si vous saviez combien j'ai souffert... que de nuits se sont écoulées dans les larmes! laissez-moi avec mon fils... seulement, nommez-le votre héritier.

Écoute, Deuterie, et connais si je t'aime... Éloigné de toi, j'ignorais l'existence de mon fils : cependant je me suis dérobé au plus noble hyménée. La fille de Wacon, roi des Lombards, devait unir son sort au mien : j'ai refusé; et je viens près de toi. Décide de ma destinée et de celle de ton fils Théodebalde; tel est le nom qu'il doit porter. Deuterie, tendrement émue, leva sur cet aimable prince ses paupières mouillées de douces larmes, et dit : Voilà ma main, cher Théodebert. Ah! ma vie et tout mon être ne sont-ils pas à vous? Ivre d'amour, il scella son triomphe sur les lèvres de sa charmante amie. Quelques heures après, Deuterie, Isoline, et le roi d'Austrasie, se trouvaient sur la route de Metz.

Parée des plus somptueux habits, Deuterie reçut publiquement la main de Théodebert(1) et le titre de reine. Ce titre pompeux elle ne le désirait point ; mais pouvait-elle dédaigner un gage qui lui faisait connaître toute la force de l'attachement qu'elle avait inspiré?

Pendant quelques mois elle goûta la félicité suprême; aucun remords ne vint la troubler. Son nouvel époux, enivré de son éclatante beauté, des hommages et des

_____

(1) Théodebert, roi de Metz, après la mort de Thierry, fit venir Deuterie, dame de Cabrière ; et l'épousa publiquement : cette dame avait encore son mari.   *Mézeray.*

respects dont ses peuples aimaient à accabler leur reine, oubliait dans les plaisirs, et dans sa possession ; le crime qu'il avait commis en l'arrachant des bras de celui à qui elle appartenait.

La jeune Isoline, d'après les ordres de sa mère, ne paraissait jamais aux fêtes ni à la cour : bien que tout semblât sourire à Deuterie, la présence de cette enfant lui rappelait sa faute et ses torts envers son premier époux. Souvent Isoline nommait *son père ;* et ce nom, comme un talisman funeste, détruisait l'enchantement où sa coupable mère se trouvait. La reine alors se rappelait les vertus, les bontés du sire de Cabrière, et son cœur pressentait de tristes évènemens. Aussi sa fille, reléguée au fond de son appartement, vivait presque ignorée des courtisans et du peuple. Telle une rose, ca-

chée aux rayons du soleil, s'élève sur sa
tige flexible ; privée de cette douce chaleur, elle est plus tardive à développer les
tissus légers qui doivent la rendre si belle
et si attrayante ; ils se déroulent avec len-
teur, l'œil attentif suit leurs charmans
progrès : enfin, elle arrive loin des profanes
regards dans toute sa grâce et dans tout son
éclat. Ah ! que l'heureuse main qui l'a
cultivée est orgueilleuse de son ouvrage !
que cette teinte purpurine a de fraîcheur
et de suavité ! que on parfum est délicieux !
comme il enivre les sens ! De même, la
fille de Deuteri, élevée loin du monde,
dans l'ombre de la solitude, un jour éton-
nera et charmera tous ceux qui pourront
et la voir et l'entendre.

La reine, occupée uniquement de sa
passion, visitait rarement cette aimable
créature. Pouvait-elle s'éloigner un seul

instant de celui que chaque jour elle aimait davantage ? pouvait-elle l'abandonner à ces favoris qui toujours aiment à
découvrir et à flatter les faiblesses de leurs
maîtres? devait-elle enfin le laisser exposé
aux tentations qui sans cesse se pressent
en foule autour de la puissance souveraine? Deuterie voyait peu Isoline, et ne
connaissait pas les qualités précieuses qui
germaient dans ce cœur tendre et ingénu.

Théodebert, enivré du pouvoir suprême,
enivré d'amour, oubliait la fille du sire de
Cabrière. Théodebalde, son fils, réunissait
toutes ses affections et celles de sa mère. Une
fois dans le cours d'une année, Isoline parut
aux regards du roi; le prince la combla de
marques d'amitié. N'était - elle pas la fille
d'une épouse adorée, la sœur de Théodebalde ? Mais la jalouse Deuterie sentait son
cœur se serrer lorsqu'elle apercevait les lè-

vres de son époux se poser sur les joues de rose de la jeune Isoline.

Le ciel, dont la justice infinie ne permet pas au criminel de goûter un bonheur sans mélange, le ciel entretenait dans le sein de cette mère infortunée, la plus terrible des passions, l'affreuse jalousie. Théodebert, malgré son amour toujours croissant, se voyait forcé d'être moins assidu près d'elle; il revenait plus tendre et plus épris; mais des reproches injustes, mais des plaintes amères, éloignèrent insensiblement un cœur qui lui était dévoué jusqu'au trépas.

Fatigué de ses fureurs, le jeune roi d'Austrasie se réunit avec son oncle Childebert, pour envahir le royaume de Lombardie; ils assemblèrent un nombre de troupes considérable, et marchèrent vers les états qu'ils voulaient conquérir. Deuterie ne put suivre son époux, elle allait devenir mère.

Théodebert, soit qu'il eût de nouvelles amours, soit que l'ambition eût remplacé la tendresse qu'il avait autrefois pour la reine, Théodebert ne se pressa point de revenir dans son royaume ; il vola de conquêtes en conquêtes, et bientôt rangea sous ses lois, la Rhétie, la Vindelicie et la Suève. La gloire et les triomphes affaiblirent sa passion.

Mais Deuterie ne supporte qu'avec douleur cette cruelle absence : tantôt elle se reproche avec amertume sa faute, son amour, et les preuves qu'elle en a données à l'ingrat qui la désespère ; tantôt, plus faible, elle voudrait tomber à ses pieds, les baigner de larmes, en le conjurant de lui avouer si elle lui est toujours chère; s'il ne l'aime plus, il doit lui arracher la vie, ou plutôt elle-même se percera le cœur en sa présence. Telles étaient les résolutions d'une passion effrénée.

Mais son désespoir eut un terme. Théodebert revint toujours plus amoureux ; le repos, la joie, rentrèrent dans son âme ; elle oublia son odieuse jalousie, et le supplia de la lui pardonner. Il consentit. Pouvait-il blâmer l'excès de l'amour qu'il avait fait naître ?

Mais un sujet de crainte se mêlait à son ivresse ; Isoline devient chaque jour plus belle ; Théodebert ne l'a point vue depuis quelques années, il semble même avoir oublié cette jeune fille ; s'il la nomme quelquefois, ce n'est que pour satisfaire ce qu'il croit un devoir ; s'il la voyait..... sa beauté toucherait ce cœur susceptible de tendres mouvemens. Deuterie frissonne à la pensée que les yeux de son époux pourraient s'arrêter sur les doux attraits de la fille du sire de Cabrière.

Sans doute ses craintes ne sont pas chimériques ; le fils de Thierry a-t-il respecté les nœuds qu'elle avait formés ? S'il aimait Isoline.... si le cœur d'une mère était percé par la main de son enfant ; si elle lui enlevait cet amour qui fait le bonheur et le charme de sa vie !... si criminels tous deux... A cette odieuse crainte, Deuterie est prête à pousser des cris de désespoir ; elle est prête à former les plus sinistres projets.... elle frémit... Mais enfin, les remords et les regrets succèdent à ces indignes transports.

Il est un moyen de soustraire Isoline aux regards du roi : un cloître peut assurer sa tranquillité ; Isoline est timide , et ne désire point se montrer à la cour ; renfermée dans son appartement, se livrant aux charmes de l'étude, que lui fera la diffé-

5..

rence d'habitation, puisqu'elle aime la
solitude et déteste la pompe et le bruit
des palais ? Deuterie gagna la gouvernante
de sa fille ; bientôt elles partirent pour un
monastère éloigné de trente lieues de la
capitale de l'Austrasie.

Toujours docile, l'aimable enfant obéit ;
bientôt ce séjour lui devint cher ; entourée
de compagnes de son âge, son penchant à
la mélancolie se dissipa ; elle oublia les
sujets de déplaisir, dont elle n'avait pas
perdu le souvenir. L'idée de son père trou-
blait bien souvent sa douce joie ; elle désirait l'embrasser, et lui prouver que sa
tendresse lui était toujours précieuse et
sacrée.

Un jour, un messager lui remit une
lettre, Isoline l'ouvre vivement ; ce ne
sont point les caractères de sa mère ; de
qui peuvent-ils être? Elle lut en tremblant

ces mots : « Ma fille, si le souvenir d'un
» père malheureux est encore présent à
» votre mémoire, priez pour lui; plaignez-
» le surtout, chère Isoline; il meurt sans
» vous avoir embrassée! il meurt loin de
» vous et séparé de tout ce qui lui fut cher.
» Priez pour lui. Maurice. »

Cette prière jeta le trouble dans cette
âme remplie de candeur et de piété filiale :
O mon père! dit-elle en tombant à genoux;
mon père, je n'ai pas oublié ton amour
pour ton enfant chéri! je me rappelle tes
tendres embrassemens... je me rappelle
ta bonté.... Mais, d'où vient ma mère
porte-t-elle un diadème? d'où vient un
autre époux remplace-t-il mon père? O
mystère impénétrable! ô malheur d'être
éloigné de celui qui nous donna le jour! Et
la douce Isoline pleurait à ces tristes sou-
venirs.

Cependant, cette mélancolie, qui s'était dissipée, revint encore l'assiéger : fuyant ses compagnes, fuyant celle qui avait remplacé sa mère, elle errait pensive dans les jardins du monastère ; souvent même on la voyait dépasser les limites de la religieuse enceinte. Quels étaient ses chagrins? Craignait-elle de découvrir les fautes et peut-être les crimes de celle qu'elle devait respecter et chérir?

La fête d'une abbaye fondée par une des sœurs du grand Clovis, arriva. L'abbesse, toujours issue du sang royal, avait droit à la déférence et aux respects des monastères du royaume d'Austrasie : et dans un jour consacré, les autres communautés devaient venir processionnellement lui rendre hommage, et assister au service divin.

Vêtues de lin d'une blancheur éblouissante, les vierges de Sainte-Aure se mirent

en route ; les novices, leurs jeunes compagnes, précédaient les saintes filles ; Isoline, couverte d'un voile transparent, et
portant dans ses pieuses mains une corbeille
de fleurs, était chargée de les répandre
devant le signe auguste de la rédemption,
et devant le tabernacle où repose le fils de
Dieu.

Souvent le saint cortége s'arrêtait : là,
des voix suaves et harmonieuses enton-
naient les versets sacrés ; par momens, une
voix angélique chantait seule, et cette voix
délicieuse était la voix de l'aimable fille de
Deuterie.

Deux guerriers les entendirent. Mettant
pied à terre, ils attachent leurs coursiers
aux branches d'un chêne, et se proster-
nent avec respect devant les reliques au-
gustes. Le saint troupeau fit une pause ; alors
la prieure donna le signal des chants réser-

vés à la louange du Seigneur; Isoline alors fit entendre des sons qui eussent touché le plus endurci des criminels.

Le plus jeune des guerriers cherche à découvrir celle qui possède cette voix céleste. Une fille, ou plutôt un ange presque entièrement caché sous un tissu transparent, est l'être qui laisse échapper de ses lèvres des sons si purs et si touchans! il ne peut distinguer ses traits, mais sa grâce, mais sa taille svelte et légère, tout l'enivre et l'enflamme. Elles arrivèrent.

L'orgueilleuse abbesse, assise sur un trône éclatant, recevait avec fierté les expressions de respect des filles du Seigneur: toutes se prosternaient devant le trône, et devant celle qui l'occupait, et toutes venaient humblement lui baiser la main.

Se mettant à genoux et levant son voile avec une grâce et une timidité enchante-

resse; Isoline remplit le devoir imposé
par la vanité : sa séduisante beauté toucha
la princesse, qui, émue, posa sur ce front
aimable, ses lèvres dédaigneuses.

Mais celui sur lequel la présence d'Isoline agit impérieusement, est cet inconnu
qui assiste au sacrifice divin. Jamais rien
de plus séduisant ne s'offrit à sa vue. Jamais. Que ces boucles d'ébène se dessinent
bien sur ce cou rival de l'albâtre! que ces
longues paupières, baissées humblement
vers la terre, ont de charmes et de puissance! que serait-ce donc si les yeux qu'elles
recouvrent se relevaient, et se fixaient sur
celui qui l'adore! Ah! que leurs regards
doivent être touchans! Le guerrier attend,
espère; enfin ses vœux sont comblés; Isoline regarde, et ce regard lui assure à
jamais la conquête de cet étranger!

Comme il voudrait connaître son nom!

comme il aimerait à le prononcer! il doit être charmant! ce nom doit se trouver en harmonie avec ces mouvemens gracieux, avec ces gestes à la fois simples, nobles et modestes! Déjà son cœur a retenu les doux sons de sa voix; les cordes ont fait vibrer toutes celles du sien. Heureux, cent fois heureux, s'il pouvait entendre un jour cette bouche où respire la pudeur et l'amour lui dire : Je t'aime, et t'aimerai jusqu'à la mort !

Vainement il demande le nom de cette fille charmante; personne ne peut le lui dire. Irrité de cet incident, il voudrait arrêter la cérémonie pour contenter son désir curieux; cependant, il contient le transport qui s'élève dans son sein, et juge que sa puissance ne s'étend pas jusqu'à troubler les mystères sacrés de la religion.

Quel est-il, cet audacieux qui oserait sus-

pendre les sacrifices saints ? quel est - il ?
Tremble, jeune infortunée, tremble! Hélas!
il apporte avec lui le déshonneur et la
mort! Pourquoi s'est-il offert aux regards
de ta mère? Il a détruit son repos, le
bonheur de ta famille! Frémis que sa fatale influence ne s'exerce aussi sur ton
avenir : frémis, aimable fille!

Enfin, Isoline aperçoit cet étranger, qui
la contemple avec un intérêt qui semble
tenir de l'admiration : timide, elle rougit;
que cette émotion l'embellit encore! Les
traits de ce guerrier ne lui semblent pas
inconnus; mais elle ne peut se rappeler
dans quels lieux elle les vit pour la première fois. Elle le considère, et ne se sou-
vient pas que ce fut dans le château de
son père. Déjà huit ans s'étaient écoulés
depuis le jour où elle le quitta.

Celui qu'elle aperçoit est beau, et paraît

être d'un rang élevé : ses yeux , pleins
d'une douce flamme, font battre son cœur
d'un sentiment inconnu. Elle est dans l'âge
heureux où la nature se pare de mille
charmes. Elle est dans cet âge où l'on
s'ignore encore, où de nouveaux mouvemens agitent, troublent le repos, la tranquillité; dans cet âge où l'imagination se
plaît à se créer de douces chimères, où l'on
ne connaît pas l'amour, mais où un besoin
secret, impérieux, le décèle dans les âmes
sensibles.

La procession se remit en marche : le
prince, dévoré d'une impatiente curiosité,
se décide à l'accompagner : lui! Il ordonne
à son écuyer de le suivre avec les chevaux
sur la route qui conduit au monastère des
saintes recluses : il est obéi; et, sous des
dehors pieux, Théodebert cache un pro-
fane dessein. Recueilli, il édifie par son

maintien les fidèles qui accompagnent la bannière sacrée.

Bientôt, un orage violent interrompit l'ordre du saint cortége; les éclairs et le tonnerre portent l'effroi dans toutes les âmes. La supérieure monte dans un chariot; les précieuses bannières y trouvèrent aussi un asile. Les sœurs les plus vénérables partagèrent le char de la respectable prieure. Quelques novices furent enlevées par les hommes d'armes qui servaient d'escorte et de gardes aux murs de l'antique cloître. Mais, dans ce pressant danger, Isoline, l'aimable Isoline fut oubliée. Au moment du danger, le jeune monarque s'était avancé; Isoline tremblante, enveloppée dans son voile, s'était abritée sous un arbre majestueux: Jeune fille, dit-il, fuis ce dangereux refuge; fuis. Permets que je jette sur tes épaules ce manteau; il te

préservera contre l'inclémence du temps ;
permets. Et sans attendre sa réponse il
enveloppe de cette draperie le corps élégant de la fille de Deuterie. En cet instant, un coup de tonnerre épouvantable
abattit l'arbre fatal. Isoline est presque
évanouie.

Son cheval fut amené par l'écuyer :
d'un bras nerveux, le roi soulève la vierge,
et la place devant lui ; Ne crains rien,
dit-il d'une voix douce et tendre, ne crains
rien ; je vais te conduire au couvent où tu
habites. Son nom? — Le couvent de Sainte-
Aure. — Où est-il situé ? — Là-bas, seigneur ; voyez la flèche qui s'élève au travers
des arbres du bois : c'est là où je vis paisible
et heureuse. — Ne tremble pas ; marchons.
Il pique son coursier, et bientôt il franchit
les murs révérés.

Te voilà dans l'enceinte qui te protège,

reprit-il. Adieu, fille charmante, adieu !
peut-être ne te reverrai-je plus. — Pourquoi ? étranger, ne vous dois-je pas la vie ?
sans vous je ne vivrais plus, ô mon libérateur ! — Dis-moi seulement ton nom : je
le garderai comme un talisman contre les
peines qui pourraient m'atteindre : ton
nom ? — Mon nom est Isoline... — Isoline ! Isoline ! — Oui ; pourquoi ce cri,
cet effroi ? — Isoline !.... ce nom me
rappelle un souvenir douloureux ! — Vous
à qui je dois l'existence, ne joignez
pas mon nom à un regret ; je vous en
supplie... — Isoline, je ne te verrai plus !
non. Il prend sa main avec vivacité, la
presse de ses lèvres brûlantes, et disparaît.
Un soupir échappé du cœur de l'aimable
fille, suivit son éloignement.

Effrayé du crime qu'il va commettre,
du crime dont l'aiguillon se fait sentir

dans le fond de son âme, il fuit... Qui ?
lui, aimer la fille de son épouse ! aimer
celle dont il doit protéger la jeunesse !
celle qu'il devrait regarder comme son
enfant ! O déplorable sort ! s'écrie-t-il ; ô
malheureux Théodebert, déjà tu t'es
souillé d'un forfait, et ta pensée corrompue
en médite de nouveaux ! Il fuit ; il craint
que l'intervalle qui le sépare d'Isoline ne
soit jamais assez considérable.

Faibles mortels ! pouvez-vous compter
sur la stabilité de vos résolutions ! Que
sont-elles ? semblables à la feuille légère
que le moindre vent entraîne loin de l'arbre
qu'elle embellissait ; de même, les passions,
les désirs, les vœux que vous formez anéan-
tissent en vous les semences de la sagesse, et souvent de la vertu ! En vain vous
combattez, en vain vous promettez ; ou
l'amour, ou l'ambition, ou la soif des ri-

chesses , étouffent les mouvemens dictés par un cœur qui n'a pas encore commis d'erreur et de crime : ainsi Théodebert poursuivi par une image charmante ne trouve plus de force contre elle.

A peine huit jours s'étaient-ils écoulés, qu'il revint sur ses pas : plus il veut chasser de son souvenir ces traits enchanteurs, plus il les retrouve aimables et séduisans. Sa tendresse s'est fortifiée par les combats qu'il a fallu soutenir ; et de plus par mille détours pour la justifier. Il revient près de cette Isoline qu'il adore malgré lui, et malgré sa raison , et malgré les nœuds dont il est lié.

Solitaire et triste, elle partageait ses regrets : chaque jour la voyait errer autour des murs du monastère, et dans les bois qui l'entouraient ; son jeune cœur conservait un reste d'espérance. Eh! qui pour-

rait aimer sans cette douce illusion ? Ef-
feuillant la ronce sauvage, l'églantine, le
muguet et la violette parfumée, la route
d'Isoline était semée des fleurs que son dépit lui faisait arracher aux légers arbustes.

Encore, murmurait-elle, si je pouvais
le nommer ! ici je répéterais son nom ;
ce silence, ces arbres, ces frais gazons ne
le rediraient point à nos sœurs ; seule,
je le saurais, et seule je l'entendrais !
l'écho fidèle de cette grotte rustique, le
prononcerait après moi... Hélas ! je l'i-
gnore, et l'ignorerai toujours. Il ne re-
viendra plus ! Isoline, la tête appuyée sur
une de ses mains, restait pensive une
grande partie du jour. Bientôt la cloche
la rappelait au monastère.

Théodebert erra pendant quelques
heures autour des murs antiques qui
renfermaient Isoline. Son oreille était

attentive au moindre bruit : si la porte
roulait sur ses gonds épais, il se cachait,
et observait celle qui allait sortir de ce
sombre asile. Long-temps son espoir fut
trompé: mais qui peut lasser la constance
d'un véritable amant ? rien. Enfin les vœux
du prince sont exaucés ; il reconnaît sa
démarche légère, son voile de lin et ses
mouvemens gracieux.

Elle s'achemine vers l'arbre qu'elle avait
adopté. Avant de s'asseoir, elle distribue
quelques graines aux oiseaux qui se repo-
saient sous son ombrage touffu ; elle les
regarde avec mélancolie, et dit à voix basse:
Ils sont heureux, ils ne connaissent pas le
tourment de l'attente! Elle s'assied, et déchire les fleurs qui croissaient autour d'elle.

n léger bruit lui fit lever la tête; elle
croit entrevoir l'ombre d'un guerrier ; elle
tremble... et cependant son cœur bat de

plaisir et d'espoir; elle se lève et fait quelques pas pour rejoindre le couvent. Alors Théodebert s'avance; Isoline le reconnaît et s'arrête. C'est vous, dit-elle, c'est vous! ah! que je suis heureuse! Elle lui tend la main; il la serre tendrement dans les siennes.

Asseyons-nous sous ce chêne, asseyons-nous! Il obéit. Il considère avec transport cette figure enchanteresse où se peint la pudeur et la sérénité. Elle ne craint rien; n'est-elle pas près de celui qui la sauva d'une mort certaine? Oh! que cette aimable confiance redouble son amour! comme il aime à veiller sur cette fille adorée! Pourrait-il offenser tant d'innocence et de pureté! Mais osera-t-il lui avouer quel il est? Osera-t-il lui dire: Celui que tu accueilles du plus aimable sourire, celui dont la présence fait peut-être palpiter ton

cœur, est l'époux, l'époux de celle qui te
donna le jour! Avant qu'il puisse faire un
tel aveu, que sa langue se dessèche et s'attache à son palais! Il peut encore jouir du
sort le plus heureux... Ne peut-il recevoir
sa main sous un nom supposé?... Cette
ruse lui assurerait un bonheur, une félicité
qui serait enviée par tous les mortels qui
verront et entendront la charmante Isoline. Cette idée se fixe dans son esprit ;
elle n'en sortira plus.

Chère Isoline, dit-il, je ne voulais plus
te revoir... je te fuyais... mais l'amour
me ramène... Je reviens près de toi, et
bientôt des nœuds éternels couronneront
notre amour... — Est-il possible ! ô
bonheur! Mais de quel nom dois-je vous
appeler? — Mon nom est Adelbert; pour
mon rang, il n'est pas indigne de toi....
Prends cet anneau... qu'il soit le gage de

ma foi.... Mais, pardonne au mystère dont
je suis forcé de m'envelopper.... Un jour
tu me connaîtras mieux ; prends cette bague.
Isoline, sans défiance, présenta sa jolie
main.

Dieu puissant ! dit l'insensé Théodebert,
j'atteste ici, à la face du ciel, qu'Isoline est
l'épouse de mon choix : si je trahissais mes
sermens, punis-moi, grand dieu ! et ré-
serve-moi le supplice destiné aux parjures !
—Adelbert, je n'ai pas besoin de sermens,
je vous crois. Eh ! pourquoi me tromperiez-
vous ? Ne vous dois-je pas la vie ? Si j'eusse
refusé de vous croire le jour de ce fatal
orage, je ne serais plus à présent qu'une
cendre insensible : non, vous ne pouvez
me tromper. Auprès de vous, je n'éprouve
aucune inquiétude ; je vous vois, je vous
entends, et toutes mes craintes se dis-
sipent.—O candeur ! O fille chérie ! ô bien-

aimée Isoline! viens, viens sur mon cœur...
Et, sans-défiance, elle tomba dans ses bras.
Théodebert n'abusa point de cet aimable
abandon : le plus chaste baiser fut déposé
sur sa figure enchanteresse.

Étrange contradiction ! il n'ose se rendre
entièrement coupable, il respecte celle qui
ne se défend point; il craint de profaner
sa pudeur angélique; et le cruel ne frémit
pas de la livrer aux remords, au désespoir
et au supplice affreux de déchirer le cœur
maternel, et de la rendre peut-être un
objet de mépris et d'horreur aux yeux de
l'univers.

Chaque jour est marqué par une nouvelle entrevue, et chaque jour les infortunés s'aiment davantage. Enfin, les soins
de son vaste royaume rappellent Théodebert dans sa capitale; il quitte sa bien-aimée
Isoline, en lui jurant encore que bientôt il

déclarera son amour à la face de l'univers.
Surprise de ce langage, elle veut l'interroger. Laisse-moi, dit-il, laisse-moi : bientôt,
oui, bientôt, tu reverras ton époux ! Il
l'embrasse avec transport et s'éloigne en
gémissant.

De retour à Metz , il interroge secrètement ses conseillers. Plusieurs sont d'avis
qu'un prince est le maître de disposer à son
gré de son cœur et de sa foi; d'autres lui
objectent la puissance des évêques, qui
lanceront contre lui l'anathème et les foudres de l'église. A ce discours plein de sagesse et de raison, il sourit, et répond : Il
me sera facile de les séduire et de changer
leurs opinions; les richesses, les trésors,
ne sont-ils pas de puissans moyens pour
écarter la colère des ministres de l'Éternel?
Il développe le plan qu'il a conçu, et ce
plan obtient l'assentiment des favoris.

Bientôt il dévoile au prélat qui administre les consciences de son empire, et sa nouvelle passion, et quel en est l'objet. L'archevêque entra dans le plus violent emportement ; il menaça d'interdire la messe et les sacrifices saints ; il menaça de fermer les temples du Seigneur. Théodebert supplia, Théodebert promit de fonder un grand nombre de monastères ; il promit de doter richement les églises ; il promit de donner une puissance temporelle aux serviteurs du Christ. Alors le courroux sacré s'apaisa. On promit d'obtenir les dispenses nécessaires pour cet hymen entaché de crimes, et qui devait être un scandale de plus dans le royaume d'Austrasie. Le prince, transporté, baisa les mains pastorales ; les mains qui devaient sceller son bonheur et sa honte.

Deuterie s'aperçut bientôt de l'indiffé-

rence de son époux; eh! comment cette
âme brûlante aurait-elle pu être trompée
à ces marques de déférence qui rempla-
çaient de douces caresses et les plus tendres expressions de l'amour! D'abord, elle
appela la fierté à son secours; elle voulut
imiter l'ingrat qui blessait si cruellement
son cœur; mais que peut la fierté contre
une passion dévorante, contre une passion
inhérente aux sources de la vie!

Le prélat crut devoir assembler son
clergé dans la cité de Verdun. Là, il se
promettait de faire discuter secrètement
les motifs qui portaient le Roi à conclure
un nouvel hyménée. Il devait soutenir avec
force les avantages offerts à l'église; et que
faisait au peuple, au royaume, cette union?
Deuterie lui avait donné un fils, qui déjà
était reconnu pour le successeur de Théo-

debert. Le monarque ordonna que la cour
se rendît à Verdun.

Accablée des plus mortels chagrins,
la reine sentit le besoin de rappeler sa
fille ; sa fille, oubliée depuis si long-
temps ! Ah ! c'est toujours quand le malheur nous accable, que nous regrettons
amèrement les liens que notre légèreté
nous fit rompre. L'amour et ses heureuses
illusions s'évanouissent ; si nous lui avons
tout sacrifié, l'isolement où nous sommes
nous désespère ; heureux, heureux encore,
si nous pouvons revenir à des sentimens
moins tumultueux, à des sentimens tranquilles, qui puissent nous rendre le repos,
et nous ramener à la raison ! Deutérie,
frémis, le sort n'a point encore épuisé sur
toi sa coupe funeste ! frémis, chaque pas
que tu fais, te rapproche d'un malheur
nouveau !

7.

La beauté de sa fille lui causa un mouvement d'effroi ; le calme d'une âme pure était répandu sur ses traits ; et cette confiance du jeune âge, qui ne connaît pas encore la trahison, le parjure ; une modeste parure, ajoutaient à la sérénité de sa belle figure. Deuterie contemple son Isoline en silence ; j'étais ainsi, pensa-t-elle, avant que l'amour ne s'emparât de mon âme et de toutes mes facultés ; j'étais ainsi : aimable et pudique fleur, puisse le souffle destructeur des passions s'éloigner à jamais de ton cœur virginal ! puisse cette paix qui t'embellit y régner toujours ! Isoline, chère Isoline ! ah ! puisses-tu n'aimer jamais ! et de profonds soupirs s'exhalaient de son sein palpitant.

Elle l'embrasse à plusieurs reprises. O mon enfant, dit-elle, ma fille, ma chère fille, puisse ta présence me consoler de mes

peines amères ! — Vous, madame, vous
ma mère! je croyais.... — Eh bien, parle,
explique-toi. — Mon père! — Ton père,
ô dieu !— Lisez, ma mère, lisez. Deuterie
prend le parchemin, le parcourt des yeux ;
et murmure ; il est vengé ! sa prédiction
fatale se déroule à présent!... Isoline, ma
fille, priez pour lui, priez surtout, priez
pour votre malheureuse mère ; et des larmes abondantes inondaient ses joues flétries.

La reine enlève sa fille à son asile sacré:
un regret, un soupir s'échappa du cœur
d'Isoline. Ici, disait-elle, ici je l'ai vu, ici
j'ai reçu ses sermens ! ici il me cherchera !
ici sa voix me demandera ! sous cet arbre
chéri où il me déclara son amour, il m'ap-
pellera! Adieu, branches protectrices ! adieu
frais gazon où ses pas se sont imprimés,
adieu ! je reviendrai un jour, je reviendrai !
Elle le croyait.

Cependant la présence de la douce Isoline réjouit le cœur de sa mère; sa tendresse, ses aimables complaisances cal-
ment sa douleur, ses paisibles entretiens
apaisent la véhémence de ce brûlant
amour; il devient plus calme, plus rai-
sonnable, moins exigeant : tel est l'as-
cendant de la vertu sur les âmes pas-
sionnées.

Théodebert pressait toujours secrètement, non pas la dissolution de son mariage,
mais la permission de prendre deux épouses; il ne voulait se présenter devant sa
charmante Isoline que le jour où il lui serait permis de lui offrir sa main et sa foi.
Comme il jouissait de la surprise de cette
adorable fille! combien elle serait étonnée
en voyant le bandeau des rois orner son
front naïf et pur! Quel bonheur pour lui
de pouvoir l'offrir à cette créature angé-

lique! Il était heureux en espérance; puissent ses désirs, cet espoir se réaliser !

Le jeune monarque ne pouvait songer sans frayeur au moment où la reine apprendrait son infidélité. Quelle serait sa fureur lorsqu'il nommerait Isoline! Quand il sut son arrivée à Verdun, sous divers prétextes il ne se présenta point devant elle; ne pouvant plus différer une visite qui l'importunait, il se fit annoncer chez la reine.

Isoline se trouvait alors dans cet appartement; assise près d'une croisée, elle s'amusait à faire jouer le jeune Théodebalde. On nomme le roi; émue, tremblante, elle se lève, fait quelques pas; mais le prince était déjà près de la reine, et lui baisait la main.

Le monarque relève la tête; Isoline l'aperçoit, et le reconnaît. Grand dieu! s'écrie - t - elle , grand dieu , mes yeux me trompent - ils !... c'est lui !... une pâleur mortelle couvre ses traits , sa tête se panche sur sa poitrine , elle s'évanouit. Effrayé de son état , il vole vers elle , et la reçoit dans ses bras. Théodebert oublie la présence d'une épouse , d'une mère , et prodigue devant elle , à l'objet de sa passion , les plus doux noms et les plus tendres soins.

O reviens à la vie , mon Isoline , disait-il , reviens, c'est ton Adelbert qui t'en conjure , reviens ! Deuterie , anéantie, accablée sous le poids d'une découverte fatale , ne trouvait plus de voix ni de force pour exprimer les sensations qui l'agitaient : semblable à la statue de la douleur , elle ne paraissait être qu'un bloc de marbre insensible.

Enfin , la parole revint sur ses lèvres

tremblantes. Que signifie ce langage, seigneur, dit-elle à Théodebert ? — Ne l'a-
vez - vous point compris, madame ? Qu'il
vous suffise de savoir que, sous un faux
nom, j'ai trompé votre fille : je l'aime...,
j'en suis aimé......, et lui ai promis et
ma main et ma foi ! — Que dites - vous ?
ma fille serait ma rivale ! ma fille me chas-
serait de votre lit et du trône ! — Non,
madame, non ; nos lois nous permettent
la pluralité des épouses... — Juste ciel! je
vivrais pour supporter une telle infamie !
plutôt la mort... Isoline reprit ses sens:
Théodebert la reconduisit chez elle, et
revint aussitôt.

Daignez, madame, m'écouter sans colère, reprit-il : le hasard m'a fait voir Isoline; plusieurs années s'étaient écoulées
depuis l'instant où vous l'aviez soustraite à
mes regards; ses traits étaient effacés de

mon souvenir.... Je la revis.... Qu'elle
était belle ! Je la sauvai d'une mort certaine; et, je l'avoue, je devins éperduement
épris de cette créature enchanteresse. Elle
me devait la vie; je m'attachai au bien que
j'avais sauvé.

Pour me justifier du rang où je vais la
faire monter, citerai-je mon oncle Clotaire
s'unissant à la sœur de son épouse! Vous
rappellerai-je son hymen avec la femme de
son neveu? il avait alors plusieurs épouses
vivantes : pourquoi ce qu'il a fait ne me
serait-il pas permis? — L'Eglise permettra-
t-elle ce double adultère ? — L'Eglise ne
s'y opposera point. Qu'a-t-elle dit le jour
où je vous enlevai au sire de Cabrière?
Nous a-t-elle accablés de ses anathèmes?
Nous vécûmes tranquilles; j'ignore quel
motif vous fit éloigner Isoline de l'œil maternel : si je l'eusse connue.... L'habitude

et l'amitié auraient chassé l'amour de mon
cœur, et de ma pensée.

Mais, ma fille est devenue la vôtre par
notre union? — Les rois, madame, adop-
tent et changent les lois à leur gré : votre
fille ne m'est rien ; si je voulais.... ces
nœuds sur lesquels vous vous appuyez seraient bientôt rompus. Oui, Deuterie, je
vous ai aimée de toutes les forces de mon
ame.... je croyais cet amour éternel.... il
est évanoui.... Regardez Isoline, et jugez
si je pouvais rester insensible à côté de
tant d'attraits...... Croyez-moi, ne vous
opposez point à mon bonheur..... Vous
conserverez le rang suprême ; Isoline, heureuse de vivre pour moi, ne vous disputera
rien.... L'obscurité la plus profonde, l'oubli du monde entier, lui seront indifférens,
pourvu que je l'aime.

—Et que me fera la grandeur, le pouvoir?

homme cruel! que peut l'ambition sur un cœur déchiré? O malheur! ô désespoir! je ne suis plus pour toi qu'un objet odieux! Cher Théodebert! par pitié arrache-moi la vie! arrache de mon âme cette passion fatale! Moi, moi! je verrais une autre envahir et ton amour et la place que j'occupe... Cette place que jai payée de mon honneur... Non, non, le ciel ne le permettra point... Maurice, votre prédiction s'accomplit... « *L'abandon du lâche q ue tu me préfères,* » *me vengera.* » Théodebert me chasse de son lit et du trône... Et Deuterie pleurait. Il ne put voir ses larmes sans être ému, et sortit, dans la crainte de montrer quelque faiblesse qui nuisît au succès de son amour.

Pour ne point se laisser attendrir, il se décide à ne plus visiter la reine jusqu'au moment fatal; il donne l'ordre de faire les préparatifs de son nouveau mariage : ils se

firent ouvertement. La malheureuse Deuterie, en proie à tout ce que le désespoir
a de plus affreux, délaissée, seule dans
son appartement, invoquait la mort, qui
devait, selon ses desseins, mettre un terme
aux peines cuisantes dont elle était dé-
chirée.

Mais une autre partageait et ce désespoir
et ces tourmens; la jeune et tendre Isoline
ne se regardait plus qu'avec horreur. O
mon Dieu, disait-elle en pleurant, devais-
je naître pour abreuver le sein qui m'a
portée, d'angoisses, d'amertumes et de tourmens ! Quoi ! je fais couler les larmes de
ma mère ! quoi ! sans frémir, je plonge le
poignard dans le sein qui m'a nourri ! Fille
parricide, tremble, le ciel te punira. Adelbert, que t'avais-je fait ? pourquoi me
rendre si barbare et si criminelle ? Voilà
donc le prix de mon attachement sincère !

- O ma mère, que tu dois me haïr ! Le jour où tu me reçus dans tes bras, pensais-tu que tu pressais un serpent sur ton cœur! mais, c'est à moi de me sacrifier. Irais-je, enfant dénaturé, lui enlever son époux, celui qu'elle aime plus que la vie! rentrons dans notre saint asile, rentrons dans notre obscurité; séparons-nous d'Adelbert, d'Adelbert que je chérissais tant... Et surmontant son trouble, rappelant le courage qui anime une conscience pure, le courage qui sied à la vertu, elle se rendit chez la reine, bien résolue à lui faire le plus douloureux des sacrifices.

Isoline tombe aux pieds de sa mère : madame, s'écrie-t-elle, pardonnez-moi d'avoir troublé votre repos.... pardonnez-moi d'avoir fait couler vos pleurs... ; daignez, ô vous que je révère, daignez me soustraire aux regards du roi.... à son amour....

Hélas! j'ignorais qu'il était votre époux....
j'ignorais les liens qui vous unissaient.....
Je le vis, et je l'aimai....; mais j'étoufferai
ce funeste amour....; je le veux..... je le
dois.... Dussé-je en mourir, je n'acheverai
point cette union fatale....; mais, je vous
en conjure, éloignez-moi de sa présence....
mon cœur rebelle ne se soumettrait peut-
être pas au langage de la raison...Madame,
daignez me faire reconduire au monastère
d'où vous m'avez tirée.

  — Ma fille.... Isoline..... n'est-ce pas
un piége que vous tendez à la crédulité
d'une mère? Noble enfant, pensez-vous ce
que vous me dites? — O dieu! ma mère
croit que je veux la tromper! Vous ai-je
caché, madame, combien il m'était cher!
cet anneau fut le gage de sa foi.... de ses
promesses!... — L'anneau royal! donnez-
le moi. — Oh! non, madame, oh! non,

je le conserverai jusqu'à la mort !.... c'est le seul souvenir qui me restera de lui.... Isoline refusa de rendre l'anneau de Théodebert; Deuterie, fronçant le sourcil, n'insista plus.

Elles prirent de secrètes mesures : vers le soir, un des officiers de la reine devait se trouver à une des portes du palais ; deux coursiers seraient prêts, un pour elle, et l'autre pour sa gouvernante. La jeune princesse devait surtout éviter de se trouver devant le monarque, afin qu'il ne pût voir la douleur répandue sur ses traits.

La nuit vint : Isoline , vêtue d'une robe d'étoffe grossière , ses beaux cheveux cachés sous un voile épais et commun , après avoir dit à sa mère un éternel adieu ; traverse en gémissant le parc immense qui entourait le château qui renfermait ce qu'elle avait de plus cher au monde. Sou-

vent elle s'arrêtait; souvent ses yeux bai-
gnés de larmes se fixaient sur les croisées
où elle pensait que devait se trouver Adelbert : elle croyait entrevoir ses formes
gracieuses ; elle croyait reconnaître ses
mouvemens, les boucles de sa belle chevelure : alors de profonds sanglots s'échappaient de ses lèvres tremblantes. Adieu,
adieu Adelbert, disait-elle, adieu, adieu !
je ne te verrai plus !... mais si je te quitte...
ce sera pour consacrer au Seigneur les
tristes restes d'une vie déplorable. L'âme
remplie de sinistres idées, elle s'achemi-
nait lentement vers la porte fatale.

Elle s'ouvrit : avant de quitter l'enceinte
royale, Isoline s'arrête encore, elle joint
les mains, répète : adieu, Adelbert, adieu... et
pour toujours... pour toujours ..! O Dieu,
donne-moi la force, le courage de m'arracher d'ici.... La fille de Deuterie baisse son

voile sur sa pâle figure, et franchit le seuil
du palais de sa mère... Au même moment
un homme s'élance, et s'écrie : Isoline, où
vas-tu ? où vas-tu ? il la saisit dans ses bras
amoureux, et l'enlève à ses ravisseurs : la
jeune fille a reconnu la voix de son amant :
adieu promesses, adieu sentimens généreux !
Elle enlace ses jolies mains autour du cou
du roi de Metz, et dit d'une voix tremblante : Adelbert, cher Adelbert, te voilà,
te voilà ! ô bonheur ! ô douce joie ! ses lèvres
se collent avec transport sur le front de
l'heureux fils de Thierry.

Fier de porter cet aimable et léger fardeau, il traverse d'un pas rapide la distance
qui le sépare de son appartement ; il arrive,
et la déposant dans la chambre royale, il
dit : chère Isoline, ô ma bien aimée, voilà
ton asile ; qu'il soit le tien, jusqu'au moment où je pourrai te nommer ma femme,

mon amie, ma noble épouse ! J'atteste le
ciel que mes pieds n'en toucheront pas le
seuil avant cet heureux instant; ne crains
rien, je te laisse sous la garde du Tout-
Puissant, et sous celle de ma loyauté.

Eh! pourquoi voulais-tu me quitter, ajouta-t-il tendrement? pourquoi?—Je voulais
épargner de nouveaux chagrins à ma mère.
—Et toi, que serais-tu devenue, mon Isoline?
—Moi! je ne sais. J'allais mourir.. Adelbert
puis-je vivre sans toi... — Fille adorée,
par mon ordre on épiait tes pas. Je sais tout.
—Pardonnez à la reine, cher prince.— Lui
pardonner lorsqu'elle m'enlève et mon bien
et ma vie! lui pardonner! — J'ose vous
en prier. Et la plus séduisante des créatures
ploya le genou devant Théodebert; il la
regarde avec des yeux remplis d'amour: tu
le veux, dit il, tu le veux, je lui pardonne;
mais ce n'est qu'à la condition qu'elle te

cédera sans murmure à la violente passion qui me dévore.... Isoline baissa sa
jolie tête sur sa poitrine, et ne répondit pas.

Le monarque se rendit aussitôt chez
Deuterie, et l'accabla des plus sanglans reproches : vous me trompiez, lui dit-il avec
colère, vous en qui j'avais encore quelque
confiance ! — Je ne vous ai point trompé,
segneur, Isoline seule à demandé à s'é-
loigner de vous, j'ai dû me rendre à ses
désirs ; j'écartais une rivale : qu'eussiez-vous
fait à ma place ? — Quels que soient les
désirs d'Isoline, madame, je l'épouse, et
ne veux plus trouver d'obstacles à mon
amour. Daignez m'accorder votre fille ;
j'engage ma foi, ma royale parole, que
vous n'aurez aucun souhait à former : les
richesses, le pouvoir, la suprême puissance,
seront remis en vos mains ; je ne veux qu'ai-

mer, qu'adorer Isoline. — Roi d'Austrasie
euterie obéira; bien qu'il lui en coûte le
repos et le bonheur, Deuterie obéira.

Mais la rage, la fureur, la jalousie, fermentent dans le sein de la reine : la raison,
l'amour maternel, la pitié, la compassion,
ne peuvent la détourner d'immoler l'innocente Isoline : elle n'est plus sa fille ; c'est
une odieuse rivale ; et pourquoi l'épargne-
rait elle ? la perfide a-t-elle craint de lui
déchirer le cœur ! plus de pitié ; sa main
doit sans trembler accomplir la vengeance
qu'elle médite ! Que lui fait la renommée !
que lui font les noms affreux dont on va la
couvrir ! cette fille perverse a-t-elle respecté les liens que sa mère avait contrac-
tés ?.. non, non! orgueilleuse de séduire un
parjure, elle se fait un trophée des larmes et du désespoir de celle qui lui donna
la vie ! Ces pensées criminelles étaient les

seules qui se formaient dans l'imagination
de Deuterie.

Vingt fois dans le silence des nuits, elle
quittait sa triste couche et sa chambre solitaire : la main armée d'un poignard, elle
se dirigeait vers celle d'Isoline ; mais le tra-
jet, mais l'espace qu'il fallait parcourir,
mais la crainte qui accompagne le crime,
mais peut-être un reste d'amour maternel,
ou plutôt le cri de la nature la faisaient toujours revenir sur ses pas.

Au moment d'ouvrir la porte elle s'arrêtait : que vais-je faire ? murmurait-elle ; je
le sens, ma main tremble et frémit d'accomplir un tel acte de cruauté ! Qui ? moi ?
répandre le sang de ma fille, de ma fille innocente et malheureuse ! Innocente ! l'est elle ?
elle ose aimer mon époux ! oui, elle l'aime
hélas ! est-ce un crime qui mérite le trépas
n'est-ce pas moi, mère dénaturée, qui lu

enseignai le chemin des forfaits! n'est-ce
pas moi qui lui enseignai l'oubli de tous
les devoirs! Comment récompensai-je l'attachement dont m'honorait son père? par
le déshonneur et l'abandon! Et je me
plains! et je veux punir dans une autre
l'exemple que je lui donnai! celle que
poursuit ma vengeance fut l'enfant de mon
amour, avant qu'une passion fatale me fît
oublier et mes sermens et le chemin de la
vertu! Chère Isoline! vis : jamais, jamais
ta mère n'aura le barbare courage de se
venger sur toi! repose en paix, je m'é-
loigne.

Rentrée chez elle, cette âme ardente
créait de nouvelles idées : ainsi, pensait-elle,
ils jouiront sans crainte de ma misère et
de mon supplice! non, leur mort doit payer
un tel excès d'audace! Leur mort! sans cesse
je rêve et le meurtre et le crime! d'où vient

ma main est-elle avide de se baigner dans le sang ? ô malheureuse Deuterie !

O mon âme, rappelle une noble fierté ; rappelle ton courage, ta vertu ! sois digne de servir d'exemple à l'univers ; dévore cet affront, supporte-le sans murmure : songe que ceux que tu veux poursuivre te sont chers ! Et que te servira de te venger ! leurs ombres malheureuses te laisseront-elles en repos ! résigne-toi, mon âme, résigne-toi, et ne deviens pas un objet d'horreur aux yeux des nations ! Oui je le dois, oui je le veux. Et Deuterie espérait triompher de de sa passion, et de la violence des sentimens qu'elle éprouvait ; insensée ! as-tu résisté à la voix de l'amour ? résisteras-tu à à celle de la fureur qui te domine ?

Le jour est arrêté pour l'hymen d'Isoline et de Théodebert : les évêques ont consenti à cet acte qui blesse et les mœurs et les liens

sacrés des familles ; le roi d'Austrasie, au
comble de l'ivresse, hâte ce jour de ses
vœux impatiens : Isoline est triste, rêveuse ;
et Deuterie semble avoir surmonté et son
amour et ses projets vengeurs.

Seule, elle cherche dans son imagination
quels moyens employer pour rompre cette
union qui la désespère : les plaisirs que
Théodebert va goûter dans ce nouvel hymen, enflamment son courroux et son dépit:
Je serai donc, dit-elle, spectatrice indifférente du bonheur de ma rivale ! Ces baisers
qu'il va lui prodiguer m'appartiennent ! ces
douces caresses sont mon bien, sont ma
vie ! et je l'en laisserais jouir tranquillement ! Plus de pitié, de remords, de crainte ;
que l'offense soit punie... puis-je hésiter
encore ! ils doivent périr tous deux... tous
deux m'ont outragée !.. mais lui !.. lui ! pour-
rai-je verser son sang... lui percer le cœur...

ce cœur qui fut à moi ! ce cœur que, malgré
son forfait, j'idolâtre encore... Elle seule doit
porter la peine du crime... elle ne m'est
plus rien... la haine qui s'est placée entre
nous, est trop forte pour que les faibles
liens de la nature soient un obstacle à ma
vengeance... Qu'elle meure... il le faut...
pour mon bonheur... pour ma tranquillité.
Oui, je dois les imiter... je dois couvrir de
fleurs l'abîme où je veux la précipiter. Et
cachant ses projets odieux sous un front
serein, Deuterie elle-même pressait l'instant de cette fatale union.

La veille de ce jour funeste, elle passe
chez sa fille : Isoline, dit-elle, ne solliciterez-
vous point la bénédiction de votre mère ?
bien que son cœur soit flétri, oppressé,
déchiré... pourrait-elle ne pas former de
vœux pour votre félicité ! et pensez-vous
que le ciel vous serait propice si vous man-

quiez au premier devoir d'un enfant soumis! — Madame, ah! ma mère, pouvais-
je espérer tant de bontés de votre part!
je craignais... je tremblais... — Ma fille,
vous ne connaissez pas l'étendue de ma
tendresse pour vous... bientôt je vous en
donnerai des marques... embrassez-moi,
mon Isoline, embrassez-moi. Isoline s'a-
genouilla devant Deuterie : elle prit un
baiser sur le front pudique de cette jeune
victime, et ajouta : Ma fille, je vous bénis;
à demain, mon enfant, dit la reine en lui
présentant la main : l'heureuse Isoline la
baisa respectueusement.

L'aube du jour paraissait à peine, quand
Deuterie s'offrit aux regards de la future
épouse; ses femmes étaient déjà occupées
à la parer : une robe de lin éblouissant de
blancheur, un voile transparent, et orné

9..

de franges d'argent, rehaussaient la beauté modeste de l'aimable Isoline.

Sur un riche coussin se trouvait la couronne royale : Deuterie la regarde ; un soupir s'échappe de son sein. Isoline l'a entendu : O ma noble mère, dit-elle, me permettrez-vous de poser ce gage de la puissance suprême sur votre illustre front ? ma mère, ne me refusez pas : pour moi, je ne veux, et ne souhaite que votre amitié ; ai-je besoin de grandeur ?.... — Oh ! non, vous possédez le cœur de votre époux.... Isoline releva les beaux cheveux de Deuterie, et plaça le diadème sur cette tête habituée à le porter.

Je reçois ce gage de votre respect, ma fille, reprit-elle, je le reçois ; mais ce ne sera que pour vous le rendre. A présent, je veux un effort de votre soumission, et de cette amitié que vous venez d'implorer :

aux portes du palais se trouve un char magnifique ; je l'avais commandé pour un tout autre usage.... qu'il vous conduise à l'autel.... je vous l'ai destiné depuis le moment où je connus les desseins du roi d'Austrasie. Si vous aimez votre mère, ne refusez pas le don que vous offre son amour... — Ma mère, est-ce là cette soumission que vous exigiez ! que ne disiez-vous, Je le veux : Isoline aurait obéi avec joie à vos ordres suprêmes.

Théodebert entra dans ce moment : un mouvement d'effroi le fit reculer en apercevant Deuterie ; un pressentiment sinistre presse son cœur : ses yeux se portent sur la reine ; il frémit de sa pâleur, du trouble qu'il lit dans ses regards... il crut voir sa prunelle marquée de taches sanglantes, et le rire affreux des furies agiter ses lèvres palpitantes. Mais l'a-

mour l'emporte, il contemple son Isoline :
Que tu es belle, s'écrie-t-il, fille charmante; que tu es belle ! Il la prend dans
ses bras, et dérobe sur sa bouche ver-
meille le premier baiser.

Cette action exaspère la fureur de Deutérie ; mais elle sait la contenir : la vengeance qu'elle a méditée lui paraît juste,
légitime : déjà elle en goûte la douceur;
déjà elle entend les cris et les derniers
soupirs de celle qu'elle dévoue à la mort.

Le monarque prit la main de la jeune
vierge, et descendit les degrés du palais;
on va se mettre en route pour la cathé-
drale: les rues sont parsemées de fleurs,
de branchages, et de feuilles verdoyantes;
l'air est embaumé, et le peuple attend
avec impatience la belle épouse de son
maître.

Tout à coup, un chariot recouvert de

lames d'or , les roues argentées et tra-
vaillées avec un goût exquis, s'avance :
deux taureaux d'une éclatante blancheur
sont destinés à le traîner : leurs cornes
sont dorées, les traits sont de soie, et le
joug qui affaisse leur tête impérieuse, est
incrusté de métaux et de pierres précieuses. Voici le présent que je fais à la
reine d'Austrasie, dit la coupable mère;
qu'elle ne le dédaigne point... qu'elle y
monte, si elle aime celle qui lui donna
la vie. Isoline, légère comme une feuille ,
était déjà placée sur le brillant chariot.
Deuterie monte sa haquenée, et Théodebert un magnifique coursier. Le cortége part ! il prend le chemin de l'église.

A peine a-t-on fait quelques pas, que
les taureaux fougueux font éclater une fureur et un emportement effroyable: en vain
on les arrête; en vain la main du conducteur

retient le frein : ils s'irritent davantage ; le
feu sort de leurs naseaux enflammés : ter-
ribles , ils mettent en danger la vie de la
princesse, et la vie de ceux qui veulent
les calmer.

Théodebert éperdu tremble pour Isoline :
il s'approche , et veut qu'elle s'élance
dans ses bras ; la jeune et courageuse fille
allait obéir, quand ces indomptables ani-
maux par une course rapide entraînent
avec le char fatal l'innocente victime : et
parcourant avec une inconcevable fureur
les rues de Verdun, se dirigent vers la
Meuse : aucun ne peut les arrêter ; ils
brisent tout ce qu'ils rencontrent : du
funeste chariot, une voix plaintive se faisait
entendre ; elle disait : Ma mère ! ma mère !
Les taureaux arrivent par le pont ; le char
est arrêté par un obstacle, il se brise en
éclats , et l'infortunée Isoline est préci-

pilée.... elle pousse un cri déchirant,
que les voûtes répétèrent.... Deuterie l'a
entendu.... et son cœur impitoyable en
fut déchiré.... (1).

On voit flotter près du rivage le voile
nuptial; on court, on vole, on espère
que le fleuve aura épargné une si belle
et si douce créature... on le relève...
Isoline est disparue..... nulle trace ne

---

(1) La reine Deuterie devint si furieusement
jalouse de sa propre fille, parce que son mari commençait à la regarder, qu'elle la fit périr d'une
cruelle et ingénieuse manière, ayant fait atteler
à son char des taureaux indomptés, qui la préci-
pitèrent du pont de Verdun dans la Meuse. Les
Français, indignés d'une telle cruauté, forcèrent
leur roi à répudier Deuterie, et à reprendre
Wisgarde, qu'il avait fiancée il y avait 7 ans.

(*Mézeray*, Histoire de France.)

s'aperçoit; l'onde cruelle a englouti la jeunesse, la beauté, la vertu... Théodebert parcourt la rive funeste:. il veut arracher son amante aux flots qui l'ont dévorée : cent nageurs la traversent en tous sens... enfin on la retrouve... Jeune infortunée, as-tu cessé de souffrir? ou le ciel propice te rendra-t-il aux vœux, aux prières, au désespoir d'un amant fidèle?

Isoline est encore plus belle; une légère rougeur règne sur ses aimables traits. Elle vit!... elle vit!... répète-t-on de tous côtés; Théodebert s'approche, il la prend dans ses bras.... il touche son cœur, il presse sa main.... sa main est immobile... son cœur ne bat plus... il penche cette tête charmante.., il veut lui faire rejeter l'eau qu'elle vient d'avaler.... elle pousse un soupir.... ou plutôt un gémissement... Hélas! c'était le dernier de la douce Isoline.

Deuterie regardait d'un œil fixe les soins que l'on prodiguait à sa fille : tout à coup elle fondit en larmes.... tout à coup elle se précipite sur ce corps inanimé.... C'est moi, dit-elle, c'est moi qui t'ai assassinée! O mon enfant... cette pâleur de la mort, c'est moi qui l'ai répandue sur tes traits enchanteurs.. et cette main qui presse ta main, est celle qui donna le prix des monstres qui te conduisirent au trépas!..Dieu juste... puissant!.. punis la mère criminelle, punis-la... que tardes-tu!.. Ecoutez, écoutez, elle crie encore : Ma mère!.... ma mère!.. Ah! que cette voix est douloureuse!.. qu'elle est poignante!.. elle me déchire! Et toi, Théodebert... toi que j'ai tant aimé... c'est pour toi que j'ai commis un si grand forfait!

On plaça le corps d'Isoline dans un cercueil d'argent. Le monarque inconsolable allait chaque jour pleurer sur ces restes

chéris : Indignés de ce meurtre épouvantable, ses peuples le forcèrent de rompre
son union. Wisgarde reprit la place que
Deuterie avait usurpée : elle fut renfermée
dans un cloître. Sa raison ne revint plus ;
mais à l'heure où la catastrophe fatale était
arrivée, elle recommençait ses cris, ses gémissemens. Le bruit d'un chariot la faisait
tressaillir ; alors elle faisait retentir les voûtes de ces mots touchans : *Ma mère ! ma*
mère !

Un jour on la chercha vainement dans l'in-
térieur du monastère. Inquiètes, les pieuses
servantes du Seigneur crurent devoir aver-
tir Théodebert de sa fuite soudaine : des
messagers furent chargés du soin de la chercher ; on s'informa partout de cette infortunée : aucun ne put découvrir ses traces ;
on attendit que le temps levât le voile qui
cachait son destin déplorable.

Le roi d'Austrasie, depuis plusieurs jours,
n'avait pu visiter le lieu qui recélait des cendres toujours adorées : désolé d'avoir man-
qué à ce devoir, il s'y rendit avant d'embrasser son épouse et ses enfans. Théodebert
descendit seul dans le caveau où reposait
son Isoline.. Il entre.. ô spectacle de douleur!.
ô châtiment réservé au crime!.. il entre.. sur
le cercueil une femme était étendue.. Il s'approche.... l'examine.... la reconnaît.... C'é-
tait la coupable et malheureuse Deuterie...
le marbre paraissait encore mouillé de ses
larmes, sa bouche était collée sur le simu-
lacre de sa fille : ses mains jointes, son
attitude suppliante, ses genoux affaissés,
annonçaient qu'en mourant elle avait sol-
licité son pardon. Sans doute l'ange qu'elle
implora le lui avait accordé, car ses lèvres
semblaient sourire. Théodebert s'agenouilla
et pria pour cette criminelle... En termi-

nant sa fervente prière, il ajouta : O mon Dieu, pardonne-lui, daigne la recevoir dans ton sein ; elle s'est repentie ! En cet instant solennel, un céleste rayon parcourut le caveau, il semblait annoncer à Théodebert que l'âme d'Isoline avait porté ses vœux aux pieds de l'Eternel.

FIN DE DEUTERIE.

LAMPAGIE* ET MONOUZ.

TRAIT ANECDOTIQUE DU VIIIᵉ SIÈCLE.

Fidèle image de notre espérance, de nos pensées, de nos projets, vagues fugitives, combien de fois êtes-vous venues

---

* Lampégie ou lampagie signifie *la resplendissante* ; il dérive du verbe occitanique *lampegiar*, resplendir. On dit encore, en espagnol, *lampara*, un éclat de lumière; et en italien, *lampeggiare*, faire des éclairs. Il était alors d'usage de donner des noms qui signifiassent une qualité morale ou physique.

vous briser contre ce rocher sur lequel je vous contemple ! Combien de fois votre courroux menaçait-il de l'engloutir ! Votre fureur, votre tranquillité, tout est évanoui ! où sont vos traces ? que sont-elles devenues ? De même s'évapore notre jeunesse, notre espoir, et le bonheur que nous nous étions créé !

Murs de Saragosse, séjour que j'ai tant arrosé de mes larmes ! Saragosse, où mon âme crut rencontrer une âme qui lui répondit ! murs que je détestai, murs que j'ai regrettés, je ne vous reverrai plus ! La veuve de votre souverain ne touchera plus votre sol chéri ! elle a revu sa patrie : en la quittant elle pleurait, en la revoyant elle pleure et gémit encore ! murs de Saragosse, la veuve de Misram ne vous reverra plus.

Assise sur un roc élevé, la fille des comtes

d'Aquitaine (1) regardait la mer : ses voiles de deuil flottaient au gré des vents ; la belle Lampagie oubliait et son veuvage, et le nouvel hymen qui lui était offert : hymen illustre, hymen envié par tous les souverains et par toutes les beautés ambitieuses, et surtout par celles dont le cœur était sensible à la gloire et à la plus brillante valeur.

Charles, surnommé Martel, gouvernait les trois royaumes de France. Son adresse, son courage, sa politique, avaient su réunir les trois couronnes sur la tête de Thierry de Chelles, jeune enfant, fantôme de monarque dont l'inexpérience et la timidité, laissaient la puissance suprême aux mains de l'ambitieux maire du palais, et duc des

_____

(1) L'Aquitaine, depuis nommée la Guienne. Bordeaux et Toulouse en étaient les villes capitales.

Français. Telles étaient les éminentes digni-
tés du fils de Pépin d'Héristal.

La cour de Charles avait été informée de
la rare beauté de la fille d'Eudes, comte d'A-
quitaine. Ce prince, en lui donnant un époux,
voulut s'assurer un appui contre la puissance des Maures. Misram, gouverneur de
Saragosse, obtint la main de la belle Lampagie ; Martel, vivement offensé de ce choix,
conçut une haine profonde contre Eudes ;
il jura de s'en venger : mais la gloire, mais
une nouvelle guerre et de brillans triomphes,
éloignèrent pour quelques instans cette pensée de son volage cœur, et de son esprit
audacieux.

Lampagie perdit son époux ; Charles envoya un officier au comte, et lui fit demander la main de la princesse : elle devait, di-
sait-on, partager son illustre rang, peut-être
même un jour ceindre la triple couronne

de France; mais il lui faudra partager avec
une première épouse l'honneur de la couche
du maire du palais. Eudes, blessé d'une
semblable demande, et craignant le ressentiment de Martel, ne donna pas un refus
positif aux brillantes propositions qui lui
furent adressées.

Le duc voulut juger lui-même si la renommée n'avait pas exagéré les attraits de
cette belle Lampagie : sous l'armure d'un
simple envoyé du puissant maire du royaume, il arrive dans les murs de Bordeaux ;
il voit la fille d'Eudes, il la voit, et d'impétueux désirs s'élèvent dans son sein : il
la désire ; il oublie pour quelques instans les
chimères du pouvoir : il adore Lampagie ; il
se fait reconnaître, et le comte d'Aquitaine
se voit forcé de lui promettre la main de
la veuve du prince sarrasin.

Eudes instruisit sa fille de la contrainte

qui venait de lui être imposée. Lampagie,
vivement émue, resta quelques momens
interdite; mais reprenant courage, elle dit
avec gravité : Ainsi donc, seigneur, je vais
encore être condamnée à subir un joug dé-
testé! ainsi je suis encore une fois victime
d'une odieuse politique! J'espérais quelques jours tranquilles! mon père veut encore me bannir du palais qui me vit naître!
Que me font les grandeurs de Charles? que
me fait sa puissance? ai-je besoin d'un diadème? Le repos, le calme du cœur, est la seule
félicité que j'envie! O mon père, une fois je
pliai ma volonté à vos ordres suprêmes;
aujourd'hui, je vous en conjure, ne me con-
traignez pas à subir un hymen qui m'est
en horreur.

— Et comment nous soustraire à la terrible puissance de Charles? comment oser
lui résister? comment lui dire que vous

refusez sa foi? vous savez, Lampagie, s'il
pardonne... vous savez qu'une fois, il
fut mon ennemi! votre époux me sauva
de sa bouillante valeur : qui sait si aujourd'hui, il ne me dépouillerait point
de mes états ? il serait inexorable, et
notre perte serait certaine.

Mon noble père, si nous ne redoutons
pas la mort, tout le reste peut nous être
indifférent ! Avons-nous été plus heureux,
pour avoir commandé aux hommes ? De
quel ennui, de quelle fatigante monotonie
sont les respects dont on nous accable !
pouvons-nous croire à leur sincérité ?
Ah! qu'une vie paisible, obscure, doit
être préférable aux chaînes dorées où le
trône nous assujettit ! pouvons-nous respirer, gémir, pleurer même, sans être obser-
vés ! Que ces regards qui cherchent à lire dans
nos regards, deviennent insupportables !

quelle crainte nous agite, si notre cœur renferme quelque secret.... — Un secret, ma fille, un secret! Parlez! auriez-vous quelque pensée que votre père ne pourrait approuver?

— Seigneur, dois-je vous avouer ma faiblesse? dois-je vous dévoiler l'erreur d'une âme sensible? ah, combien vous allez me blâmer! mais, n'importe: daignez m'écouter avec indulgence.

Le jour où j'entrai dans Saragosse, le jour où je me séparai de l'escorte de nos fidèles sujets, le jour où je fus remise aux officiers de mon époux; triste, accablée, regrettant ma patrie, regrettant mon père, et ma noble famille; le front couvert d'un voile, je cherchais à dérober mes pleurs aux Sarrasins, à ce peuple sur lequel j'allais régner! Mes regards désolés parcouraient successive-

ment ma brillante suite, et cette immense multitude.... A la tête des gardes de
Misram, se trouvait un jeune homme...
mon père, jamais, jamais rien de si aimable ne s'était offert à ma vue.... Forcée de relever mon voile, les Maures
admirèrent ma faible beauté.

Eh bien, madame ? — Eh bien, mon
père, ce cœur, jusqu'à cet instant insensible, battit pour la première fois !
je ressentis un trouble inconnu... j'é-
prouvai une émotion extraordinaire....
Mon regard ne pouvait se détacher de
ce jeune guerrier.. ses yeux rencontrè-
rent les miens.. nous rougîmes tous deux,
et nos âmes s'entendirent.... Depuis ce
moment, seigneur, cette image ne s'est
pas effacée de mon souvenir

Que prétendez-vous, ma fille, en nour-
rissant cette chimère ? — La garder dans

mon cœur jusqu'à mon dernier soupir.
— Et c'est vous, princesse, vous, dont on
admire la raison, le jugement ! pouvez-
vous sacrifier à ce frivole penchant, votre
patrie, votre père ! pouvez-vous sacrifier
enfin, la suprême puissance, un rang
illustre, à la fantaisie qui vous entraîne
vers un inconnu ! un inconnu qui peut-
être est indigne de vous ! — Seigneur, une
fois je m'immolai pour les miens ; aujourd'hui, laissez-moi respirer en liberté :
laissez-moi, goûter les charmes du veuvage... — Lampagie, pourrez-vous calmer l'impatience du duc ? consentira-
t-il au refus que vous méditez ? — Per-
mettez-moi, seigneur, de l'entretenir quelques instans ; s'il refuse ma prière... alors
je verrai si je dois souscrire à la tyrannie qu'il nous impose. — Vous le verrez,
princesse.

Charles ne tarda point à se présenter
chez la princesse : ses voiles de deuil
rehaussaient encore sa ravissante beauté:
en la voyant, il reste immobile ; l'ambition pour un instant se tait : l'amour,
ou plutôt d'impétueux désirs s'élèvent
dans son sein ; ils font bouillonner son
sang, ils échauffent son imagination...
il croit possible de lui sacrifier et sa puissance, et les nombreux devoirs dont il
est chargé.

Lampagie présenta un siége au maire
du palais : prince, dit-elle avec un doux
sourire, j'ai voulu vous prier de m'accorder une grâce. — Quelle est-elle, madame? il faudrait qu'elle fût impossible
pour que mon amour vous la refusât !
quelle est-elle ?— Seigneur, elle dépend
uniquement du vaillant duc des Français.
— Parlez, madame, parlez, il me tarde

de vous obéir. — J'ai promis au malheureux époux que j'ai perdu de garder fidèlement respect à sa mémoire pendant
le terme de deux années : je l'ai promis,
seigneur, à sa mourante prière, et j'en
ai fait le vœu entre ses mains défail-
lantes... Prince, vous ne me forcerez
pas à commettre un parjure. — Madame,
serait-ce un subterfuge ! voudriez-vous me
tromper ? — Le pourrais-je , seigneur ?
qui oserait lutter contre votre pouvoir,
contre votre perspicacité ? Je confie à
votre équité, mes scrupules, mon serment... et j'attends de votre vertu, un
effort qui me rendra la paix, et qui
assurera le repos d'un infortuné.... —
Vous le pleurez, madame, vous êtes fidèle
à sa cendre, il est trop heureux. — Puis-
je faire moins ? il m'aimait... ma froi-
deur causa son désespoir... il est mort

pour moi... — Madame... craignez de
me montrer trop de répugnance... craignez d'éveiller le courroux du lion lorsqu'il sommeille... — Le lion est généreux...
Martel surnommé l'invincible, le grand,
ne peut, et ne doit se laisser entraîner
à une colère qui dégraderait son noble
caractère. Mais, prince, puis-je et dois-
je vous dire ma pensée tout entière ? —
Vous le pouvez, belle Lampagie. — Si
le ciel me favorise au point de recevoir
le titre de compagne du plus vaillant
des hommes... je voudrais... pardonnez...
je voudrais n'avoir point de rivales...
mon cœur est jaloux... exigeant... La
loi de Mahomet permit à Misram d'autres
épouses... je n'ai pu m'accoutumer à cet
odieux partage... il ne fut pas aimé...
et mon indifférence paya le plus ardent
amour.

11.7

— Que dites-vous, princesse ! songez-vous
que Sonichilde est la sœur du puissant
duc de Bavière ? songez-vous que je ne
puis imprimer aucune tache sur ce front
vertueux ? — Si vous ne pouvez souscrire
au désir que je viens d'exprimer, pourquoi moi-même, irais-je flétrir et ma
vie et ma gloire ? est-ce un honneur pour
la fille d'Eudes, d'être la seconde épouse
de Charles Martel ? — Le Sarrazin valait-
il mieux que moi ? — Mon père avait
besoin d'appui ; je lui donnai un ven-
geur... — Pensez-vous braver ma puissance ? — Non, mais si Charles m'aime,
Charles doit prendre soin de ma renommée... Dirai-je combien l'Europe vante
ma beauté ? s'il est vrai que je sois la
plus belle des femmes, le plus généreux
des guerriers, le plus puissant des princes,
ne doit point m'avilir... Duc des Français,

laissez à votre nom, laissez à vos exploits le temps de retentir à mon oreille charmée ; il est digne de vous de vaincre les passions ; laissez reposer en paix les mânes de Misram. — Madame, le fils de l'illustre Pépin donne des lois et n'en reçoit point. D'ailleurs, il rougit du déguisement où son indiscrète curiosité a pu le porter. Cependant, sa colère n'est point à dédaigner : déjà, il eut à se plaindre des trahisons de votre père... s'il daignait s'en ressouvenir... — Le comte Eudes, seigneur, chercha dans ses liaisons avec un prince sarrazin, à eloigner de ses faibles états le fléau de la guerre : tel était son but.

Charles, blessé dans sa fierté, dans son orgueil, peut-être dans son amour, se promenait à grands pas ; un de ses officiers entre, et lui annonce l'arrivée d'un messa-

ger, porteur de dépêches importantes. Le
duc salue la princesse et se rend à son
appartement. L'envoyé est introduit et
lui remet une missive du référendaire de
France qui lui annonce que les Saxons et
les Bavarois s'avancent vers Paris avec des
forces considérables, afin de surprendre la
capitale du royaume.

Le besoin de gloire et le désir de se venger d'un allié infidèle, suspendirent pour
quelques momens l'éclat du courroux de
Charles Martel : son amour parut s'affai-
blir; mais, profondément indigné, sans
prendre congé de ses hôtes, sans revoir la
belle Lampagie, il reprit le chemin de la
France.

En apprenant ce singulier départ, Eudes
fut consterné. Que présageait ce manque
d'égards ? Allait-il envoyer des troupes
dans la malheureuse Aquitaine ? Accablé

de tristes pensées, le comte passa chez la princesse, afin qu'elle lui expliquât le mystère de cette conduite.

Le duc des Français est parti, lui dit-il d'un ton sévère; parti sans daigner nous faire présenter ses adieux! —Que dites-vous? Charles est parti, seigneur?.... — Oui, ma fille, et je tremble que nous n'ayons tout à craindre de son ressentiment. — Serait-il possible, mon père, que Martel voulût se venger du retard que je sollicitai!.... Cependant, j'atteste le ciel que je ne l'ai point offensé. — Si de nouveaux malheurs accablent votre pays, vous seule en serez cause, veuve de Misram; mais enfin, quel est le nom du guerrier pour lequel vous nous attirez un si formidable ennemi que le vaillant Charles Martel?

Son nom? L'ai-je demandé, seigneur? Son nom? Aurais-je osé le prononcer! Que m'importe son nom ! Son image est gravée dans mon cœur ; je n'ai jamais désiré autre chose, ni formé aucun souhait, ni conçu la moindre espérance... Renfermée dans le sérail de mon époux, je l'ignorai, et mes lèvres jamais ne firent aucune question sur ce jeune homme. — O femme ! ô créature inconcevable et faible ! dit Eudes.

Délivrée de la présence du maire du palais, Lampagie reprit toute sa sérénité ; souvent elle osait concevoir quelque espérance ; souvent son imagination lui retraçait les regards du guerrier inconnu ; alors il lui semblait impossible qu'elle fût oubliée : la belle veuve était heureuse, elle espérait.

Abdérame (1) avait reçu du calife Iscam le nom glorieux de lieutenant-général de

_____

(1) Ou Abdiramen.

ses armées, et le commandement des Es-
pagnes. Investi d'un immense pouvoir, ce
prince allait entrer dans le pays conquis
par les Maures ; pays où son courage, sa
brillante valeur, réduisaient à l'impuissance
les peuples qui cherchaient à soulever le
poids dont leurs farouches vainqueurs les
accablaient. Abdérame allait partir.

Abdérame, généreux, vaillant, avait
distingué dans la foule des émirs qui mar-
chaient sous ses ordres, le jeune Monouz,
issu de sa noble famille. Toujours le premier
au combat, toujours le premier au milieu du
danger, son audace, son intrépidité, avaient
plus d'une fois rallié les troupes, effrayées
de la résistance opiniâtre de leurs ennemis.

Le gouverneur du Roussillon et de la
Cerdagne venait d'encourir la disgrâce du
calife. Abdérame, pour récompenser géné-
reusement son favori et son émule de gloire,

Abdérame obtint pour Monouz ce même gouvernement, et lui fit conférer en même temps le titre de prince : de puissantes marques de confiance furent jointes à cette haute faveur.

Abdérame, dit le guerrier au comble de l'étonnement, tu veux donc m'éloigner de toi? ai-je perdu ton amitié? sais-tu qu'elle seule soutient mon courage, ma vie? sais-tu que mon plus beau titre de gloire est le suffrage dont tu veux bien m'honorer? Je t'en conjure, ne me force pas d'habiter un pays où mon repos, ma tranquillité, se sont évanouis à jamais; retourne dans cette Espagne où tu recueillis tant de gloire : moi, je reste dans ces climats brûlans... Irai-je revoir une femme dont la présence décida de mon avenir?.... Non, jamais l'Espagne ne me reverra!

Ami, quelle est celle qui pourrait résis-

ter à la renommée que ta valeur t'a pro-
curée! Qui serait insensible aux lauriers qui
couronnent ton noble front! la fortune, la
puissance, et, le dirai-je? la beauté, tout
se réunit en ta personne. Quoi! tu pourrais
craindre qu'une femme te dédaignât? Le
pouvoir que je te donne doit aplanir les
difficultés... Les Espagnols sont vaincus,
et nous sommes leurs maîtres. Commande,
exige; elle sera ton esclave... — Lampagie
mon esclave! elle! Quand même le sort
pourrait la réduire au dernier degré de
misère, quand même je serais l'égal du
puissant Iscam, ou même de toi, jamais je
n'emploierais l'autorité pour la ravir à son
époux, à sa famille. Elle! pourrais-je jamais
l'outrager! Mais, seigneur, Lampagie est
d'un rang égal au mien.... elle est unie à
Misram, gouverneur de Sarragosse.... Abdérame sourit: Lampagie peut être à toi,

jeune et vaillant Monouz, Misram ne vit
plus... — Prince, ne m'abusez-vous point?
— Mais, le duc des Français, Charles Martel, demande sa main! — Juste ciel! ô triste
nouvelle! je pouvais espérer.... — Jeune
Monouz, es-tu aimé? — Je l'ignore. Aurais-je osé lui peindre ma souffrance! Mes
lèvres jamais ne se sont ouvertes devant
elle. — Insensé, et tu espérais! — Mes yeux
furent l'interprète du feu dont j'étais dévoré... — Écoute. Je vais te charger d'une
mission pour le comte d'Aquitaine. Tu la
verras. Si tu peux obtenir son amour, ton
rang surpassera celui de son père et celui
de son premier époux. Va, mon ami, va
où l'amour t'appelle, va!

Généreux Abdérame, laisse-moi la revoir
sans tout cet éclat qui environne la puissance..... Permets que sous une modeste
armure je m'offre à ses regards... Si elle

rougit encore comme autrefois, si elle
me reconnaît... alors je réclamerai tes
bontés : j'accepterai tout ce que tu daigne-
ras m'offrir... Est-il rien sur la terre qui
puisse être digne d'elle?.. oh! si j'avais pu
lui offrir un trône! — Si elle t'aimait, le
trône que tu lui offrirais ne la toucherait
pas. Cours en Aquitaine, et compte sur
Abdérame, sur ton ami. Les deux guerriers
se serrèrent la main, et Monouz, sans aucune suite, vola aux lieux que Lampagie
embellissait.

Une des femmes de la princesse entre
chez elle. Madame, dit-elle, un Sarrazin,
un des sujets de votre illustre époux, demande à se présenter à la veuve de Misram ; il veut, dit-il, embrasser ses genoux,
et implorer sa protection. — Son nom? —
Il est obscur, assure-t-il, et ne peut jamais avoir frappé les oreilles de sa souve-

raine. — Il peut entrer. La suivante sortit.

Ce faible incident fit palpiter le cœur de la fille d'Eudes; elle ressentit une émotion dont elle ne put se rendre compte : un moment elle se flatte que celui qui voulait se prosterner à ses pieds devait être cet aimable Maure dont chaque jour elle espérait et souhaitait la présence; mais, honteuse de former une pensée indigne et d'elle et de sa gloire, elle rougit, et chassa de son souvenir une image importune, bien qu'elle fût revêtue de formes gracieuses.

Un homme d'une taille élégante paraît à la porte de l'appartement; il s'agenouille avec respect devant la princesse, et découvre en même temps la plus noble figure; Lampagie reconnaît ce jeune homme dont les traits sont gravés si profondément dans son cœur : elle pâlit et tremble; enfin, elle lui tend la main, et le relève avec bonté.

Après quelques minutes de silence, elle dit : Serviteur de Misram, que demandez-vous à sa veuve ? Parlez sans crainte. — Madame, c'est un banni qui se présente à vos pieds : chassé de ma patrie, sans refuge, sans asyle, je songeai à l'auguste Lampagie, à celle que tous les sujets de son époux révérèrent et respectèrent; j'accourus aux lieux qu'elle habite, persuadé qu'elle prendrait pitié de ma misère et de mon infortune.

Vous ne vous trompiez pas. Le comte d'Aquitaine, mon illustre père, accueille ceux qui furent attachés à mon époux ; présentez-vous devant lui, jeune guerrier; je ne doute point qu'il ne veuille vous confier quelque commandement dans son armée. Mais, quel est votre nom ? — Monouz. — Monouz ! répéta-t-elle.

Si j'ai quelque souvenir, je crois qu'un

long intervalle de temps s'est écoulé depuis l'instant où vous quittâtes Sarragosse? Quel motif vous porta à fuir le palais de Misram ? — Princesse, une passion terrible, impétueuse, s'éleva dans mon sein : en vain je voulus l'étouffer; en vain j'employai tous mes efforts pour la dompter..., mes efforts furent inutiles; partout j'emportais les sentimens dont j'étais dévoré.... — Je reconnais l'ambition à ces tristes détails..... Jeune Monouz, c'était l'amour de la gloire qu'il vous fallait nourrir.

L'ambition, madame! ah, ne le croyez pas. Non ! c'était l'amour, l'amour le plus ardent.... Ne pouvant me vaincre, ne pouvant oublier l'objet charmant dont j'étais épris, je demandai à m'éloigner du palais... J'abandonnai l'Espagne... Que cette fuite me fut cruelle ! Oh ! combien je souffris !..., combien de fois les déserts de ma

patrie ont retenti d'un nom adoré! combien nos montagnes l'ont répété de fois!
combien de fois je demandai la mort!
Dans les combats je courais au-devant
d'elle, la barbare fuyait loin de moi!

Eh pourquoi souhaiter le trépas, Monouz! N'était-il aucun moyen pour obtenir
le cœur de celle que vous chérissiez si tendrement? — Non, madame, aucun. — Cet
amour si brûlant est évanoui, puisque vous
avez revu l'Aquitaine? — Est-ce exister
que de vivre loin des lieux où respire ce
qu'on aime! Cet amour est dans toute
sa force et dans toute son énergie.... j'aimerai jusqu'à mon dernier soupir. — Quel
est votre espoir? — Je l'ignore. Au moins,
je l'entendrai, je la verrai quelquefois.
Lampagie baissa les yeux, et garda le silence.

La gloire ne peut-elle franchir les distances qui vous séparent, reprit la prin-

cesse? — La gloire! a-t-elle quelque pouvoir sur un cœur ardemment épris! Le
courage qui perd l'espoir d'une récom-
pense, n'a plus cette bouillante ardeur
qui aurait pu lui faire entreprendre des
exploits extraordinaires... il s'attiédit. Eh!
pour qui recueillir des lauriers! à qui les
offrir, lorsqu'on n'est pas aimé? — Charles
Martel sollicite ma main, guerrier sarrazin :
j'ai éludé sa demande : je crains qu'irrité
des obstacles, il n'attaque mon père.... Monouz, l'Aquitaine aura besoin de défenseurs... — J'irai, madame, j'irai. Heureux
si je puis verser mon sang pour une si noble
cause! — Monouz, défendez la patrie : dé-
fendez-la, puisqu'elle va vous adopter. Je
verrai le comte Eudes, et lui demanderai
pour vous un asile et sa protection. Elle
lui fit signe de s'éloigner. Lampagie obtint
de son père l'admission de Monouz au rang

de ses officiers : mais elle garda le plus pro-fond silence sur les sentimens qu'elle éprou-vait, et cacha soigneusement qu'il fût celui qu'elle aimait secrètement.

Quelques mois se passèrent : le bonheur de la voir tous les jours porta au dernier degré d'exaltation l'amour dont ce jeune homme était embrasé; Lampagie connut ses souffrances par sa pâleur, son dépé-rissement, et par l'ardeur de ses regards; ou peut-être par celles qu'elle ressentait elle-même.

Mais comment les calmer! comment ré-pandre un baume consolant sur de pa-reilles blessures! Peut-elle lui faire entre-voir qu'elle a deviné ses peines cuisantes! peut-elle lui faire entendre quelques mots de consolation! Ne serait-ce pas l'enhardir à lui découvrir sa tendresse? ne serait-ce pas avouer qu'elle la partage? L'orgueil

de sa naissance, son rang élevé, et les
préjugés qu'elle doit respecter, tout ne lui
impose-t-il pas la cruelle loi de l'éloigner
à jamais de l'Aquitaine !

Ah ! que ne peut-elle descendre dans la
plus humble condition ! que ne peut-elle,
loin du monde et loin du suprême pouvoir, lui consacrer sa vie ! Mais elle doit à
son père, à son illustre famille, le sacrifice
de son amour : elle ne peut, sans attirer le
blâme sur sa tête, dévoiler sa faiblesse pour
un homme que le sort a placé si loin d'elle.

Quel motif alléguer pour demander au
comte son éloignement ! Ira-t-elle lui dire
que Monouz est cet inconnu.... ce jeune
Maure, véritable cause du refus qu'éprouva
Charles Martel ! Son père ne sera-t-il pas
en droit de lui adresser quelques reproches ! Depuis le temps qu'il est venu s'éta-
blir dans l'Aquitaine, ne pouvait-elle lui

confier ce secret! Il pourra se plaindre de
ce manque de confiance; et Lampagie connaît que ces plaintes seront méritées.

Il vaut mieux qu'elle-même l'engage à
parcourir d'autres états! Son courage , sa
valeur languissent près d'elle : mais, où
trouver le calme, la force, pour le contraindre à une éternelle séparation! S'il allait
lui déclarer son brûlant amour! pourrait-
elle résister à l'éloquence de ce sentiment,
partagé par son trop faible cœur! Cependant, elle se doit cette juste punition d'une
faute dont elle ne peut et ne cherche point
à se corriger.

Mais, chaque jour, de nouvelles excuses
retardaient cet ordre fatal : soutiendra-t-elle
froidement sa douleur et son désespoir! il
en doit éprouver.... Elle-même, sera-t-elle
insensible à cette absence qui, sans doute,
durera toujours; toujours! Après de nom-

breux combats, après de pénibles indéci-
sions, la veuve de Misram se détermine à
le bannir de sa présence pour jamais.

Suivie de ses femmes et du seul Monouz,
Lampagie sortit du palais à l'aube du jour,
et dirigea son coursier vers le bois favori
qu'elle aimait à parcourir : le ciel était pur,
aucun nuage n'en altérait la sérénité, aucun
vent orageux n'agitait le feuillage. Que ce
calme de la nature avait peu de rapport
avec le trouble et l'anxiété qui fermen-
taient dans le sein de la belle fille d'Eudes !

Vingt fois ses lèvres s'ouvrirent pour
parler, et vingt fois la parole expira : les
traits du jeune Sarrazin respiraient le bonheur et l'amour. Comme il semble orgueilleux de veiller sur la princesse ! Ira-t-elle
détruire la joie dont il est enivré ! peut-
elle même soutenir l'éloquence de son noble regard ! pourra-t-elle trouver le courage

de lui dire : Monouz, il faut partir, Lampagie vous le commande !... Ah ! quel sacrifice affreux un nom illustre nous impose ! pensait-elle : et la princesse se taisait.

Une partie de la journée se passa dans cette incertitude, dans cette crainte de déchirer un cœur trop épris : la veuve de Misram crut qu'il lui serait possible, lorsque la nuit approcherait, de remplir ce devoir pénible ; elle attendit : au moins, elle ne verrait pas le trouble de son amant ; au moins, elle retardait le moment cruel qui devait affliger l'homme qu'elle aimait si tendrement.

La chaleur contraignit à se reposer : on trouva le plus agréable et le plus frais abri. Un repas léger fut servi, et la princesse permit à ses femmes de le partager avec elle ; Monouz fut invité à s'asseoir sur le gazon : l'aimable Lampagie servit elle-même les mêts de ce frugal repas.

On s'amusait ; la gaîté remplaçait le froid respect : le jeune Maure lui-même faisait briller dans la conversation un esprit aimable et vif. Lampagie écoutait ; et son âme, avide d'entendre cette voix chérie, en recueillait tous les sons. La fille des ducs d'Aquitaine parlait peu. Qu'aurait-elle pu dire ? N'allait-elle pas se priver de cet entretien gracieux ; n'allait-elle pas faire évanouir cet éclair de plaisir dont il était animé !...

Tout à coup, le ciel se couvrit d'épais nuages ; un vent impétueux s'éleva : des tourbillons enlevaient les feuilles dont la terre était jonchée ; la princesse donna l'ordre du départ ; Monouz fut chercher les chevaux qui paissaient tranquillement : alors, on se remit promptement en route.

Bientôt les éclairs sillonnèrent à travers les branches des arbres : les coursiers, épou-

vantés et des coups de tonnerre et de la
pluie qui tombait par torrens, se cabrè-
rent, s'arrêtèrent, ou prirent une course
rapide. Monouz, uniquement occupé de
Lampagie, ne s'inquiète nullement de ce
que devenaient les dames de sa suite.

Celui de Lampagie s'emporta : les éclats
de la foudre se multiplièrent à tel point,
que la nature paraissait entièrement bou-
leversée. L'animal effrayé ne reconnaissait
plus la voix de sa maîtresse : insensible au
frein, insensible à la douceur, à la menace,
en vain la princesse voulait le retenir, la
terreur dont il était tourmenté lui donnait
des ailes.

Un éclair effrayant redoubla sa vitesse ;
le tonnerre gronda, et frappa d'un coup
mortel l'indocile coursier : il tombe, et dans
sa chute entraîne la fille d'Eudes. Monouz
l'avait suivie de près ; il arrive : quel spec-

tacle douloureux! Un cri lui échappe, et ce cri est répété par les échos.

Il met pied à terre, cherche à dégager Lampagie du poids sous lequel elle suc-combe : il y parvient; mais quelle est sa terreur! la princesse ne donne aucun si-gne d'existence : la pâleur de la mort est répandue sur ses traits; il frémit à l'idée que le même coup n'ait tranché les jours de l'être charmant qu'il tient pressé dans ses bras : il regarde de toutes parts pour découvrir un asile où il puisse la trans-porter.

Il aperçoit une chapelle abandonnée, il y vole : il pose Lampagie sur ses genoux : O toi qui m'es si chère, me serais-tu ravie en ce douloureux instant! disait-il; ô re-viens, reviens à la vie, femme adorée, reviens! hélas! ton cœur ne bat plus.....
Juste ciel! ne presserais-je sur ma brû-

lante poitrine qu'une cendre insensible !
Que ne puis-je te donner et mon âme et
ma vie ! que ne puis-je faire couler dans
tes veines le sang qui coule dans les mien-
nes ! que ne puis-je faire passer dans ton
sein le souffle bienfaisant qui m'anime !
Oh ! reviens, reviens. Et le désolé Monouz
enveloppait de son turban et de son léger
manteau, ce corps défaillant et cette tête
charmante !

Enfin, il crut sentir un faible mouvement, il crut voir ses lèvres se colorer.
Avec quel transport il la serra de nouveau
sur son cœur ! oh ! quelle joie, quel délire ! Elle vivrait ! s'écriait-il, elle vivrait !
Ses larmes coulaient en même temps ; le
sourire errait sur sa bouche pâle, agitée de
plaisir et de douleur en même temps.

Lampagie ouvrit les yeux : Où suis-je ?
dit-elle d'un air égaré ; où suis-je ? existé-je

13..

encore? Où sont mes femmes? Je souffre...
quelle douleur je ressens!.. Elle voulut se
lever : impossible! son pied délicat avait
été froissé cruellement, et déjà l'enflure
s'apercevait, et annonçait une blessure dan-
gereuse.

Madame, dit Monouz d'une voix tremblante, je vous transporterai au palais...
ne craignez rien. — C'est vous, Monouz,
c'est vous? répondit Lampagie avec un doux
tressaillement. Je vous dois la vie, je le
vois... mon coursier ne vit plus... j'ai entendu la foudre.... mon âme s'est anéantie... Suis-je seule avec vous?... — Seule,
madame..... — Que sont devenues mes
femmes? — Je l'ignore. Pouvais-je penser,
m'occuper d'autre chose que de votre danger? Ah! madame, ah! que le ciel vous pré-
serve à jamais de l'angoisse que j'éprouvai
en vous voyant étendue sans mouvement...

J'ai cru, oui, j'ai cru que mon cœur se déchirait.... tout mon sang reflua vers lui... j'allais mourir.... Cependant un sentiment, que je ne puis définir, m'entraîna vers la place où vous étiez mourante.... Comme un insensé, comme un être au désespoir, je vous relevai, j'appuyai cette tête adorée sur mon sein... Peut-être sa brûlante palpitation a-t-elle rappelé en vous les sources de la vie... — Monouz, m'aimeriez-vous? —Hélas!...—Achevez. —Oui, Lampagie, oui, je vous adore! depuis l'instant, depuis le jour où vous entrâtes dans Sarragosse, depuis le moment où l'heureux Misram vous reçut dans son palais.... Sans doute, madame, dans la foule qui suivait vos pas, dans la nombreuse escorte qui entourait votre char de triomphe, vous n'aperçûtes point ce guerrier dont le front n'était pas couvert des palmes de la gloire! sa rou-

geur, son trouble, le distinguaient seuls de
ses vaillans compagnons d'armes..... Non,
vous ne l'aperçûtes pas...—Je l'aperçus....
son trouble ne m'échappa point...—Est-il
vrai? Heureux Monouz... Depuis, je sui-
vais partout vos pas... partout je cherchais
à m'offrir à vos regards..... je ne voulais
qu'un coup d'œil... Une fois je l'obtins,
et mon cœur en fut pénétré.....

Mais achèverai-je, juste ciel! — Ne
me cachez rien, Monouz; qu'il est doux
l'aveu du premier amour! achevez: hélas!
c'est l'unique bonheur dont nous pourrons
jouir... continuez. — La félicité de Misram aigrissait mes tourmens... cent fois je
voulus l'immoler et m'immoler après....
L'insensé connaissait-il le prix du trésor
qu'il possédait !... Ma main brûlait de commettre un crime : une jalousie effrénée m'a-
gitait, mon sang bouillonnait dans mes

veines, une fièvre dévorante m'embrasait...
Je partis, ne répondant plus de ma raison :
je vous quittai, madame, mais j'em-
portai mon amour! je l'ai conservé et le
conserve encore.

Je vous ai écouté, jeune guerrier... et
pourquoi vous cacherais-je que le trait fatal
qui perça votre cœur, perça aussi le mien!
je vous aimai au même moment; mais mon
devoir, mais un époux se placèrent entre
vous et moi... Je suis libre à présent... mais
faut-il le dire !.. Monouz, votre rang n'est
pas égal au mien : je puis jusqu'au tombeau traîner un amour malheureux.....
cependant je ne ferai rien qui puisse en-
tacher ma gloire, et flétrir ma renommée...;
je garderai fidèlement dans mon sein la
certitude de votre fidélité.... hélas ! il faut
nous séparer.... je le dois, je le veux.... et
pour jamais.... Le destin nous condamne à

ne jamais nous revoir.... Cher Monouz, que ton rang n'est-il égal au mien!

L'heure s'écoule, ajouta-t-elle, ramenez-moi au palais de mon père. Monouz, cher Monouz, reçois ici dans cette enceinte, où le Dieu que je révère fut long-temps adoré... reçois l'expression de mon éternelle tendresse... reçois-la... — O douces paroles ! s'écrie-t-il; ô mon âme ! pourquoi ce tressaillement ! d'où vient la joie que tu ressens fait-elle couler mes larmes ! Ah! calme-toi, et redis sans cesse : Lampagie aime Monouz ! il peut tout supporter à présent; Lampagie n'est pas insensible à l'ardeur dont il est embrasé... toujours il portera dans son cœur l'assurance qu'elle vient de lui donner ! O bonheur ! Lampagie aime Monouz !

Eh bien! c'est ici le moment du courage, reprit la princesse : demain tu quitteras ces lieux... — Demain ! — Ne t'ai-je pas dit qu'il le fallait? penses-tu que je t'eusse avoué mon amour, si je n'eusse pas eu un grand sacrifice à t'imposer ! tu partiras..., Lampagie l'ordonne... Et pourquoi languir ici dans un honteux repos! pourquoi ce front auquel la gloire siérait si bien, n'est-il pas ombragé de palmes victorieuses ! va conquérir des lauriers.... va, cher Monouz, peut-être le sort daignera-t-il te combler de ses faveurs.... après.... qui sait ce qu'il te réserve?... hélas! que ton rang n'est-il égal au mien !

Il le sera, j'en jure par les dieux de ma patrie et par vous, divine Lampagie ! mais jurez-moi que jamais un autre époux n'obtiendra cette main que j'adore, avant que je me sois illustré... Daignez le jurer.... daignez rassurer mon amour... Fort de cette promesse, je puis tout entreprendre.

— Guerrier de Misram , je ne le puis, je
dépens d'un père... Cette promesse serait
téméraire , je ne la ferai point. Sais-je si
mes refus n'attireraient des maux sans
nombre sur l'Aquitaine ? guerrier de Misram , je ne ferai pas ce serment : je ne
puis vous promettre que mon amour , ce
noble sentiment m'appartient : mais les
femmes de ma naissance doivent leur existence à la patrie où elles ont reçu le
jour. Non, je ne ferai point cette promesse.

N'importe, madame, je me rendrai digne
de vous. Quel que soit le prix que j'en recevrai, Monouz ne vous reverra que lorsque la victoire l'aura élevé au rang suprême...
Si le destin trompe son espoir... ses yeux
seront à jamais privés du bonheur de con-
templer vos charmes... Oh! qu'il tremble
de ne pouvoir vaincre les obstacles qui
s'offriront à lui!.... — L'amour doit les

aplanir... Monouz, ramenez Lampagie au palais de son père... Il obéit en silence.

Il partit l'âme remplie d'espérance et d'amour ; sa mémoire aimait à redire les paroles d'Abdérame : *Quoi ! tu pourrais craindre qu'une femme te dédaignât !* O joie indicible ! ô douce ivresse ! Lampagie n'est point insensible, Lampagie répond à sa brûlante tendresse ! de plus, elle l'aime sans rang, sans nom, sans fortune... Que ne lui doit-il pas pour cette aimable déférence !

Charles avait terrassé ses ennemis ; il ne lui restait plus qu'à vaincre la fierté d'une altière beauté : il envoie de nouveaux messagers près d'Eudes, redemander la main de la séduisante Lampagie : s'il éprouve encore des refus, une armée nombreuse marchera sur l'Aquitaine, et vengera l'affront que le duc et sa fille pourront faire

au duc des Français! tel était le cartel parti
de la cour de Thierry de Chelles.

Mon père, dit Lampagie, je ne puis
me résoudre à ce sacrifice ; je préfère la
mort !.... Martel ne demande et ne veut
que moi... Eh bien ; je vais le forcer à me
respecter ainsi que vos états.... un cloître
va devenir mon asile.... je vais me consacrer à l'Eternel... osera-t-il, le barbare,
disputer à l'autel une timide victime?...
osera-t-il l'arracher des marches du sanc-
tuaire ?.... O mon illustre père, pardonnez à votre fille sa fatale beauté! surtout
pardonnez-lui les peines qu'elle vous a
causées... Demain, mon père, je quitterai
votre palais. Eudes ne pouvant vaincre
son opiniâtreté, consentit à cette demande ;
et bientôt d'épaisses murailles enseveli-
rent ce que la nature a formé de plus
parfait.

L'officier du maire du palais lui rap-
porta cette nouvelle. Furieux de voir son
amour et son ambition trahis, Charles donne
l'ordre à son armée de marcher vers l'A-
quitaine ; lui-même se met à la tête de ses
troupes. Le comte, instruit de cette attaque
soudaine, rassemble en toute hâte les hommes en état de combattre : malgré l'ardeur
dont ils sont animés, et la bonté de sa
cause, Eudes prévoit une défaite, ses soldats
n'étant point rompus aux fatigues de la
guerre.

Tout présageait de nombreux malheurs :
Charles, toujours vainqueur de ceux qu'il
avait attaqués, ne doutait nullement de son
triomphe ; il avançait en conquérant, certain de s'emparer en maître de l'orgueilleuse Lampagie. Elle-même, bien qu'elle
se fût réfugiée à l'ombre de l'autel, tremblait de s'en voir arracher avec violence.

Tout fuyait : les habitans des fertiles plaines, ceux des vallées et des villages, venaient se réfugier dans les cités de l'Aquitaine. Le découragement s'était emparé de tous les cœurs; le comte, en voyant la faiblesse de ses sujets, était presque décidé de forcer sa fille de souscrire aux désirs du duc des Français.

Un héraut sarrasin demande à être introduit devant Eudes : porteur d'un message du gouverneur du Roussillon, il presse son audience avec importunité : en vain on lui observe que le prince est accablé d'affaires importantes; il assure qu'il lui est enjoint de rapporter une réponse sous trois jours. Eudes fatigué consentit à l'entendre; le héraut parut devant lui.

Il présente un parchemin scellé. Le comte en rompit les armes, et lut avec étonnement ce qu'il contenait :

Munuza, émir, prince, gouverneur de la Cerdagne et du Roussillon, à Eudes, comte d'Aquitaine, salut.

« Le maire du palais te menace : déjà ses
» nombreux bataillons marchent vers tés
» états ; il est guidé par un amour méprisé,
» dit-on : je t'offre des armées, des soldats
» valeureux, un chef qui n'est pas indigne
» de les commander ; si je suis vainqueur, la
» belle veuve de Misram est le prix que
» je veux obtenir. Décide de la paix ou de
» la guerre ». La réponse fut la même que
celle adressée à Charles Martel.

Monouz a reconnu l'amour de la princesse à ce refus : il part aussitôt pour défendre les états de son père ; bien qu'il
s'avance à marches forcées, partout il aperçoit les traces récentes de la terreur

qu'inspire un vainqueur courroucé. Tout
est désert : les habitans sont réfugiés dans
leurs montagnes, les villages sont détruits,
les campagnes sont dévastées : quelques
monastères sont encore debout, mais les
vierges qui les habitaient, sont errantes,
ou devenues la proie du soldat forcené.

O quelle crainte fit battre son cœur !
si Lampagie elle-même a subi la loi barbare imposée aux vaincus ! si, esclave de
Martel, son chaste front était courbé sous
le poids de la honte et de l'ignominie ! A
cette pensée cruelle son sang bouillonne,
la soif de la vengeance l'anime ; il faut
mourir ou bien délivrer l'Aquitaine ! Il se
fait instruire du lieu de sa retraite ; suivi
d'un nombre considérable de guerriers, il y
vole, certain que Charles doit s'y être rendu.

Non, dit-il après avoir réfléchi, non, je
ne puis m'offrir à ses yeux avec les dehors

de la puissance! je veux devoir tout à son
amour... à elle seule... dieux, si elle pouvait
descendre jusqu'à l'obscur Monouz!.. Ainsi
il se créait d'heureuses chimères, ainsi il
s'entretenait d'un espoir séduisant ; agité
par ses pensées, il quitta les officiers de sa
suite.

Seul, pensif, il avançait : un simple
casque avait remplacé celui du chef :
déjà il revoyait celle qui tenait en sa main
et sa vie et son bonheur!... il la revoyait plus belle, plus tendre... quand
des cris perçans troublèrent, et sa solitude, et son doux recueillement.

Il s'élance au secours de l'être qui
souffre... les cris le guidèrent : un guerrier descendait une colline avec rapidité :
son superbe cheval était couvert de poussière, et harnaché richement ; tout en
cet inconnu désignait un rang supé-

rieur, soit la fierté de son maintien, soit le manteau de pourpre dont il était couvert.

Une femme était évanouie entre ses bras : de longs voiles de lin l'enveloppaient tout entière ; rien dans son vêtement, n'annonçait ni la richesse, ni l'opulence ; seulement, elle semblait une novice arrachée aux autels du Seigneur. Cette vue lui rappelle la fille d'Eudes. Comptant faire une action qui lui serait agréable, Monouz attaque le ravisseur.

Déloyal, déloyal, s'écrie-t-il, laisse cette femme ! et le Sarrasin mit l'épée à la main. Le guerrier ne répondit à cette apostrophe que par un geste de mépris ; et piquant son cheval de l'éperon, il se disposait à s'éloigner, quand Monouz ajoute d'une voix menaçante : La fuite est inutile, je te poursuivrai jus-

qu'aux enfers ! Un combat s'engage :
l'inconnu est doué d'une force pro-
digieuse, mais le jeune Maure est rempli
d'adresse, et de dextérité: tous deux veulent gagner un même prix ; tous deux
paraissent combattre pour un objet qui
leur est cher et précieux!

L'adversaire de Monouz avait posé son
léger fardeau sur le gazon : soit la fraîcheur du sol, soit l'instinct de l'amour,
la belle voilée ouvrit les yeux : elle regarde
les combattans, et s'élance au milieu
d'eux: Guerriers, dit-elle, soyez généreux,
rendez Lampagie à son malheureux père.

A ce nom, le Sarrasin saute à bas de son
coursier : C'est vous, madame, s'écrie-t-il,
c'est vous ! si votre ravisseur ne vous laisse
point libre à l'instant, sa mort punira son
audace..— Jeune téméraire, tu menaces
Charles Martel, dit à son tour l'inconnu.

— Je ne menace point; je veux protéger la vertu, la beauté... — Seigneur, reprit la princesse, écoutez-moi.

J'ai refusé l'honneur que vous daignâtes me faire... je le refuse encore... Apprenez un secret que je confie à votre grande âme ... j'aime... et j'aimerai jusqu'à la mort... Ne croyez pas que je cède jamais à la force, à la tyrannie... jamais! Si l'aveu que je viens de vous faire ne vous touche point, je saurai me soustraire au joug que vous me préparez ... J'aime enfin... et celui que j'aime est devant vous; jugez à présent si je supporterai le moindre affront à ses yeux.

Le choix est noble et glorieux, madame! Le duc des Français, le puissant Charles Martel ne peut et ne doit lutter contre un tel adversaire... je vous cède, madame, à ce guerrier couvert de la bril-

lante armure d'un soldat.... — Cet outrage
ne peut se supporter ; superbe duc des
Français, défends-toi. — Mon nom n'a
pas besoin de nouveaux triomphes, jeune
homme : je le crois, il te serait glorieux
de te mesurer avec Charles Martel. —
Prince, ici, dans ces lieux, à la face du
ciel, seuls enfin, n'ayant aucun témoin,
tu peux t'abaisser jusqu'à moi.... refuser
un combat n'est point digne de ta vaillance.... ici nous sommes égaux... — Égaux !
mortel insensé, depuis long-temps Martel
n'en a plus. — Abdérame cependant, l'illustre général des Sarrasins, Abdérame
qui remplit l'Espagne de son nom, Abdérame peut te disputer les palmes de
la victoire ... — Abdérame sera vaincu
par moi, crois-en ce présage. Si un jour
ta renommée égale la sienne, je con-
sentirai peut-être à me mesurer avec toi.

Madame, je vous laisse sous la garde du
héros que vous avez choisi ! Charles lance
son coursier, et va disparaître ; Monouz
irrité veut le poursuivre ; Lampagie s'écrie :
Cher Monouz, je vous défends de vous éloigner. Il obéit avec regret.

Monouz, dit-elle, toi qui viens de m'arracher d'un péril imminent, Monouz, ici, à
la face de ce ciel que tu pris à témoin, ici,
je te prends pour époux ! si tu n'as point
de rang, mon amour t'en tiendra lieu...
sois mon époux, et dès ce jour.... Souffri-
rai-je plus long-temps que l'insulte et le
mépris se déversent sur toi !... Uni à Lampagie, ils te connaîtront mieux... Viens,
Monouz, que les autels reçoivent nos sermens... La princesse se fit conduire à une
prochaine église : elle se nomme... l'or
endormit la conscience d'un prêtre ; ils
furent unis à jamais.

La joie, le bonheur, le délire du Maure
ne peuvent se décrire : posséder Lampagie,
la plus belle des femmes, et la posséder
dans un état obscur ! elle ignore sa brillante fortune : elle a daigné descendre jusqu'à lui ! elle l'aime pour lui seul … Cette
idée le transporte ; l'ivresse la plus douce
émeut ses sens, et ses embrassemens la
font partager à l'heureuse princesse d'A-
quitaine !

Eudes reçut cette missive : « Mon père,
» un guerrier m'a arrachée des mains de
» Charles, duc des Français : ce guerrier
» est le jeune Monouz ; j'ai dû récompen-
» ser son courage, sa valeur : … il a reçu
» ma foi : les autels ont ratifié nos ser-
» mens. Par cet hymen, je fais cesser la
» guerre, puisque l'objet qui la causait
» n'est plus libre de disposer de lui. Mon
» noble père, pardonnez ma désobéis-

» sance, et l'audace de ma conduite. Je
» vais loin du monde et des grandeurs
» couler des jours paisibles et heureux.
» J'appartiens à celui que j'aime. Mon
» père, pardonnez-moi ! LAMPAGIE. »

Le courrier revint avec ces mots : « Dé-
» robez-vous à tous les regards, cachez
» votre vie, ô ma fille ! vos ennemis sont
» puissans ; et Charles Martel n'a jamais
» oublié le plus faible outrage. Ma fille,
» dérobez-vous à tous les regards. Je vous
» bénis. Puissiez-vous être heureuse !

« EUDES. »

O mon unique bien ! ô ma vie ! s'écrie
Monouz, viens, viens dans l'asile que je
puis t'offrir.... ô viens ! — Serons-nous à
nous-mêmes, cher époux ? Ah ! que le bonheur d'être ensemble ne soit connu d'aucun
mortel ! L'obscurité, l'isolement doivent as-

surer la tranquillité de nos jours : Monouz, cher Monouz, ne vivons que pour nous! Elle passe ses bras charmans autour du cou de celui qui l'adore, et couvre des plus doux embrassemens ce front brillant et de joie et d'amour! Ils se mirent en route.

Adieu, belle Aquitaine! dit la princesse, adieu : terre sacrée, berceau de mon enfance, je te quitte à jamais! O mon père! mon père révéré! vous reverrai-je un jour! J'emporte au fond de l'âme d'affreux pressentimens et des regrets douloureux. Cependant dois-je me plaindre? je suis le bien-aimé de mon cœur! Adieu, belle Aquitaine! adieu! Ils prirent le chemin du Roussillon.

Que les lieux qu'ils parcouraient leur paraissaient agréables! que le ciel avait de pureté! que ces monts orgueilleux leur semblaient majestueux et imposans! cette

verdure, ce ciel, ces frais ombrages, ces
ruisseaux limpides, même ces sables arides
sont aimables à leurs yeux; tant les objets
réfléchissent et prennent la teinte des
sentimens dont nous sommes animés! Lampagie, Monouz, sont heureux dans leur
amour; donc la nature qui s'offre à leurs
regards, n'est parée que de beautés et de
charmes! Tels sont les humains.

Monouz conduisait sa charmante épouse
vers Barcelone (1), capitale de son gouvernement. Lampagie ne s'informait pas de la
route qu'elle parcourait : que lui faisait le

---

(1) Le Roussillon et la Cerdagne faisaient partie de la Catalogne. Barcelone en était la ville capitale : ces provinces furent prises et reprises par
les Français. Le Roussillon leur est resté par le
traité de paix des Pyrénées, en 1659.

lieu qu'elle allait habiter ! N'était-elle pas
sous la protection et sous l'égide de la valeur de son époux ?

Sais-tu, lui dit-elle en souriant, que le
gouverneur du Roussillon, de la Cerdagne,
m'a fait offrir sa main ? J'ai refusé. Hélas !
pourquoi faut-il que ma fatale beauté m'ait
attiré des hommages que mon cœur reje-
tait ! Puisse Munuza ne s'être pas joint
aux ennemis de mon père ! puisse ma patrie
n'avoir point à gémir de mes refus ! puisse-
t-elle ne pas me maudire !

Je connais Munuza ; ne crains rien : je puis
même assurer qu'il a dû prendre parti pour
le comte d'Aquitaine... son âme a quelque
générosité. Mais, ô ma bien-aimée, pourquoi nous occuper et de Munuza et de
l'univers?...occupons-nous de notre amour...
et son bras vigoureux pressa sa belle compagne sur son sein palpitant : elle sourit,

15..

et l'embrasse; l'heureux Monouz la couvrit des plus ardentes caresses.

Bientôt les murs de Barcelone s'offri-
rent à leurs regards : la princesse admire
la beauté de sa position, et l'étendue de
son port : Ami, dit-elle, je me flattais que
nous allions vivre dans la solitude..... Je
l'espérais.... — Je suis attaché au gouverneur : je dois aujourd'hui lui rendre compte
d'une mission dont je fus chargé. Pardonne au mystère que j'eus pour toi.

Ils allèrent droit au palais : Monouz parlait à voix basse aux soldats, et toutes les
armes s'abaissaient aussitôt devant lui;
toutes les portes s'ouvraient : partout les
voyageurs recevaient les marques du plus
profond respect. La princesse, surprise de
tant de déférence, ne comprenait rien à
cette conduite ; un instant, elle parut
craindre que son époux n'eût fait con-

naître le haut rang qu'elle avait occupé.

Cache mon nom, cher Monouz, cache-le.
Il sourit à cette recommandation. Ils en-
traient alors dans la dernière cour du palais : deux esclaves, vêtus des plus riches
habits, vinrent s'emparer de la bride des
chevaux, et s'agenouillèrent humblement
pour en faciliter la descente. Lampagie posa
son joli pied sur l'épaule de l'un d'eux, et
sauta légèrement à terre. Son époux lui
prit la main, et l'introduisit dans les plus
magnifiques appartemens.

Une foule d'officiers, de soldats, de serviteurs et d'esclaves les remplissait. Le
guerrier ôte son casque; ils le reconnais-
sent, ils allaient s'écrier : un geste impérieux arrête l'élan de leur joie : ils se pro-
sternent. Les époux entrèrent dans une vaste
chambre, où tout le luxe asiatique était
étalé. — Voici ton appartement, dit le jeune

Maure. Lampagie, interdite, allait l'interroger, quand des cris tumultueux se firent
entendre : elle écoute, non sans éprouver
quelque frayeur; elle écoute, et distingue
ces mots : *Vive Munuza! vive la belle
Lampagie son épouse!*

Étonnée, elle écoute encore, et prête la
plus vive attention : Munuza, s'écrie-t-elle
en tombant sur son sein, Munuza! Ah!
toujours, toujours Monouz! toujours! pour
la vie! à jamais! Tu m'as trompée.... mais,
je n'ai aimé que toi... toujours Monouz!
toujours! Otant son voile, elle ouvrit une
fenêtre, salua ses nouveaux sujets, et leur
découvrit sa charmante figure. Mille acclamations retentirent jusqu'au ciel; et le
peuple, par ses cris joyeux, remercia sa
belle souveraine de son aimable condes-
cendance.

Je suis Munuza, ô ma Lampagie, répé-

tait-il ! — O prodige d'amour ! ô bonheur !
pour te rendre digne de mes aïeux, de moi,
tu fus chercher la gloire, et la gloire ne t'a
point trahi ! Que ce front acquiert de grâces
sous les palmes de la victoire ! Aurais-je
cru, lorsque le nom de Munuza parvenait
jusqu'à moi, qu'il t'appartenait ! Quelquefois il m'importunait.... et c'était le tien !
c'était Monouz ! c'était la moitié de moi-
même ! c'était toi !

Un émissaire de Martel suivit les époux
jusqu'à Barcelone ; instruit de la destinée de
la fille d'Eudes, il fut redire à son maître
cette étonnante nouvelle. Charles, furieux,
jura de se venger de l'outrage qu'il préten-
dait avoir reçu.

Long-temps il médita son projet : enfin,
il arrête une vengeance ; si elle peut réussir, il sera satisfait, car elle déchirera en
même temps le cœur des deux époux. Il

sourit à leur désespoir, il sourit à leur misère; son âme orgueilleuse et cruelle jouit
d'avance des larmes qu'ils vont répandre.

Ivres d'amour, leurs jours étaient filés
par les mains de l'amour et du plaisir; et
chaque instant les attachait davantage l'un
à l'autre : Lampagie, si le sort devenait
contraire à son époux, voudrait mourir pour
lui; et Monouz pour sauver sa douce compagne, donnerait et son sang et son existence, pour la soustraire au plus faible
danger.

Un traité avantageux pour le calife Iscam,
fut conclu entre la France et l'Espagne con-
quise par les Maures : de riches présens furent envoyés réciproquement aux souverains; de magnifiques promesses furent
données, et ratifiées par les deux États.
Pourquoi faut-il que la félicité des peuples,
n'ait souvent pour base, que la haine et le

caprice des monarques? L'alliance du Français et du Maure eut pour motif la plus
odieuse vengeance! Hélas! le ciel devrait il
rendre les nations responsables des fautes
de leurs maîtres!

Eudes, aidé des troupes de Munuza,
avait obtenu d'honorables conditions : forcé
de céder à celui qu'il nommait un feudataire rebelle, le maire du palais sentait son
courroux s'augmenter encore contre ceux
qu'il voulait anéantir : dissimulant sa fureur, il reçut le comte avec les apparences
de l'aménité et de la bienveillance : le
père de Lampagie resta quelques mois près
du jeune roi Thierry.

Monouz était père, Monouz venait de
recevoir un fils de son épouse bien-aimée.
Avec quelle ivresse cet héritier de son
nom et de sa puissance fut reçu aux portes
de la vie! quelles acclamations! quelle joie

sincère animait tous les cœurs! Jeune enfant, l'existence, la destinée de nombreux
humains un jour te sera confiée! Ah!
puisses-tu ne pas abuser et du pouvoir et
du rang illustre où le sort t'a placé! Mais
une âme qui concentrait toute son ivresse,
était l'âme de l'heureuse Lampagie! elle
était mère : est-il un sentiment qui puisse
être comparé à l'amour maternel? Heureuse, elle tenait sur son sein l'enfant d'un
époux adoré.

La tendre Lampagie présenta son fils aux
autels du Dieu qu'elle adorait : Munuza,
bien qu'il eût préféré que cet enfant eût
suivi la loi de Mahomet, ne put refuser à
son épouse l'unique grâce qu'elle solli-
citait : en conséquence, le fruit chéri de
leur hymen reçut le baptême, et devint
chrétien en naissant.

Charles fut instruit de cette innovation

aux lois et aux mœurs des Sarrasins : il
crut l'instant propice pour perdre celui
qu'il haïssait : aussitôt il fait partir un de
ses officiers, porteur d'une missive pour le
calife Iscam, son nouvel allié. Elle était
ainsi conçue :

Le duc des Français, au puissant Iscam,
souverain calife des Maures et des Ara-
bes : salut.

« L'amitié qui nous unit, les promesses
» sacrées dont nous sommes liés, m'impo-
» sent le devoir de te dévoiler les traîtres
» qui veulent entreprendre de se sous-
» traire à ton autorité suprême. Munuza,
» gouverneur d'une partie de la Catalogne,
» Munuza, protégé d'Abdérame, Munuza,
» gendre du comte d'Aquitaine, veut lever
» l'étendard de la révolte ; il veut em-
» brasser le christianisme ; il veut régner

» seul : il veut se faire un appui du sou-
» verain Pontife contre toi. Déjà il a captivé
» sa bienveillance et sa faveur par un acte
» ostensible : son fils est chrétien.

» CHARLES MARTEL. »

Le calife devint furieux à cette lecture :
il mande le chef Abdérame, et lui fait les
plus sanglans reproches. Ce guerrier, surpris de l'odieuse conduite de son protégé,
promit à son maître de ramener Monouz à
ses devoirs. Le gouverneur fut appelé pour
se justifier.

Surpris de cet ordre, il partit pour Grenade ;
bientôt il fut admis au pied du trône des
califes. Iscam lui reprocha avec dureté son
apostasie, et la faiblesse qu'il avait pour son
épouse. Le jeune Maure ne savait que penser d'un tel discours ; enfin sur la prière
d'Abdérame, le billet fatal lui fut remis.

Il le parcourt des yeux : pâle, glacé d'horreur et d'effroi, il envisage le précipice ouvert sous ses pas, il voit l'étendue de sa misère, il tremble des sacrifices qui vont lui être imposés, il frémit; cependant il veut, s'il lui est possible, faire tête à l'orage.

Calife, dit-il avec dignité, je n'ai point renié le prophète : mais je dois t'avouer que mon fils suivra le culte de sa mère... Je n'ai pu refuser cette satisfaction à ses prières, à ses larmes... Elle est mère, son cœur tremblait pour l'avenir de son enfant... Je te suis fidèle, et le serai jusqu'à la mort.

Tu ne l'es point; tes fils m'appartiennent : ton rang, ta vie même, sont à moi... osè me résister, ma vengeance saurait t'atteindre, fusses-tu réfugié au centre des enfers... mais Abdérame te chérit : je puis te

pardonner, si tu consens à remettre ton
fils en mes mains; je veux qu'il soit élevé
dans mon palais, et soumis aux préceptes
de l'Alcoran. Je le veux. Retourne vers
ton épouse et dis-lui à quel prix je puis te
rendre et mes bontés et ma protection. Pars.

Sultan, puis-je faire un si grand outrage
à l'illustre famille de Lampagie? puis-je
d'ailleurs arracher son enfant de ses bras?
ne serait-ce point imiter les tigres du désert?
Prince, je ne puis me soumettre à cet ordre
affreux : je te jure de rester fidèle à mes
devoirs, à ta puissance! mais je sais aussi
ce que je me dois, et ce que je dois aux
miens, au rang où ta bonté m'a placé.
Reprends tes bienfaits.... tu le peux; n'exige
point de moi l'action d'un lâche et d'un barbare...— J'ai parlé, obéis. Abdérame, vous
l'entendez. — Monouz, mon amitié vous
ordonne de vous soumettre; un plus long

refus légitimerait les soupçons élevés contre
votre honneur. Si le calife le permet, vous
irez vers la fille d'Eudes, et lui ferez connaître le sacrifice qu'elle doit à votre sûreté.... aux dangers qui pèsent sur votre
tête.... — Oui, reprit le farouche Iscam,
qu'il parte à l'instant même. Abdérame,
c'est vous que je chargerai de punir sa rébellion. Sors. Monouz s'inclina et partit
sur-le-champ.

La haine, la rage, le désespoir, lui
donnaient des ailes; comme un insensé,
il parcourait les distances qui le séparaient
des objets chers à son cœur; il lui semblait, en fuyant, que le poids dont il était
oppressé recevait quelque soulagement :
mais bientôt de sinistres pensées revenaient
l'assiéger; il s'arrêtait, des larmes amères
coulaient de ses yeux enflammés de courroux et de vengeance.

Livrer mon fils, s'écriait-il, le livrer à
leurs mains cruelles ! plutôt la mort! plutôt mourir tous trois ! O Lampagie, comment t'aborder ! comment te dire ce qu'ils
exigent de moi! ô bien-aimée., je te vois
accourir au-devant de ton époux, lui présenter l'enfant allaité par ton sein.... je
vois ton doux sourire..., j'entends ta voix
harmonieuse.... je vois le plaisir qui rayonne
sur ton front et sur tes traits aimables...
et je dois faire évanouir et ton bonheur et
ton repos !

Monouz arrive, Lampagie est dans ses
bras, leurs embrassemens se confondent ;
tout ce que l'amour a de plus tendre et de
plus doux s'échappe de leurs lèvres amoureu-
ses. Après ces premiers momens d'ivresse, elle
lui présente le jeune Eudes, qui déjà souriait
aux caresses que son père lui prodiguait ; la vue de son enfant le fit pâlir,

et lui cause un effroi qu'il ne peut dissimuler.

Pourquoi ce frémissement, cette pâleur, cher Monouz? lui dit elle; auriez-vous quelques nouvelles fâcheuses à m'apprendre? ne me les cachez point; vous le savez, j'ai quelque courage, et je sais souffrir! Que veut le calife? et pourquoi vous mandait-il près de lui? — Il craint d'être surpris par les Français : il appréhende les entreprises de Charles Martel..... il craint que leur alliance ne soit qu'illusoire, et que ce prince ne veuille incessamment attaquer les provinces qui avoisinent la France; j'ai reçu l'ordre de rassembler des troupes pour s'opposer à sa marche, à ses injustices, et à ses prétentions; voilà pour quel motif je fus mandé à Grenade. Monouz fit cette réponse avec embarras; la princesse s'en aperçut, fixa un regard scrutateur sur lui, et ne fut pas convaincue par le sourire qu'il affectait ; elle espéra qu'un jour il serait plus communicatif.

Le gouverneur de la Catalogne envoya un secret message au comte d'Aquitaine : ce message l'instruisait de la tyrannie qu'on allait exercer sur lui ; Eudes promit son assistance, et de nombreuses troupes marchèrent vers les frontières qui séparaient les deux provinces. Monouz, rassuré, fit de son côté de formidables apprêts de défense ; il attendit alors ses ennemis.

La noble fille des comtes d'Aquitaine était loin de soupçonner le malheur dont elle était menacée : tout lui présageait un heureux avenir ; son fils croissait en force, en beauté, et déjà sa jeune intelligence commençait à se développer. Triste condition de la nature humaine, l'instant où tout sourit à nos espérances, l'instant où

elles se réalisent, est celui où le sort nous
frappe de ses coups les plus cruels et les
plus imprévus.

Son fils jouait sur ses genoux ; à ses
côtés se trouvait Monouz, triste, pensif ;
son amour avait enseveli dans son sein,
l'horrible devoir qu'on lui avait imposé :
pouvait-il, sans frémir d'horreur, déchirer
lui-même le cœur d'une mère, et le cœur
où il régnait sans partage !

Un héraut est annoncé ; le prince, effrayé
de ce message, et ce qu'on vient lui annoncer, voulut sortir de l'appartement.
Lampagie, inquiète de l'émotion qui se lit
sur son visage, le supplie de permettre qu'il
soit introduit chez elle. Il hésite, il tremble ; elle le presse vivement : Infortunée,
s'écrie-t-il, infortunée, comment suppor-
teras-tu ce que tu vas ouïr ! Il ordonne
qu'on fasse venir le Maure. Il entre.

Il salue la princesse et son époux, et dit :

« Seigneur, le calife mon souverain et
» maître, te commande par ma voix, de
» remettre en mes mains, le fils qu'il t'a-
» vait demandé. Il est instruit des troupes
» que tu as rassemblées ; il connaît les se-
» cours que le comte Eudes t'a promis ;
» il doute de ta foi ; il exige un otage qui
» te soit cher ; il demande ton fils. Je l'at-
» tends : si tu refuses, ses armées vont
» marcher contre toi : décide. »

Muette, glacée d'horreur, la malheureuse mère serre son fils contre son sein :
sa langue se refuse à laisser échapper les
sentimens dont elle est agitée ; une cruelle
oppression serre son cœur déchiré ; ses
larmes ne peuvent trouver un passage ;
elle frémit, et croit qu'un songe pénible
l'a frappée de stupeur et d'étonnement,

mais bientôt elle ne peut douter de la réalité de son malheur.

Monouz, dit-elle, Monouz, que viens-je
d'entendre ! cruel époux ! Ce reproche,
cette voix gémissante et désolée, percent
l'âme du prince : il ne sait que résoudre :
il sait trop, hélas ! qu'un refus fera tomber sur lui, sur sa famille, et sur les
peuples qu'il gouverne, un déluge de
maux.

Eh bien ! que résous-tu ? dit Lampagie
d'une voix sombre et l'œil fixe. Faut-il livrer mon enfant ! le voilà ! donne-le, barbare ; qui ? moi, je m'en séparerais ! ah ! ne
l'espère pas. Et que demande ce tyran ?
pourquoi veut-il arracher un fils des bras
de sa mère éplorée ? et que veut-il enfin ?
parle ! — Il veut que le jeune Eudes soit
élevé dans la loi de Mahomet... il exige de
son malheureux père qu'il passe son en-

fance et peut-être sa vie dans le sérail des califes.

— Mon fils, le petit-fils des comtes d'A-quitaine, irait ramper dans un sérail? jamais! jamais! Lui, qui peut-être un jour réunira sous sa puissance les riches comtés de mon père, serait élevé en esclave! mon fils! mon fils! Et tu as pu souscrire à cet acte d'iniquité! tu as vendu ton sang, pour conserver un misérable pouvoir! malheureux!—Lampagie, pouvez-vous m'adresser un tel discours! moi, votre époux! Héraut, reporte à ton maître que Munuza saura mourir en défendant son fils! dis-lui que mes soldats sont prêts; va. Les deux époux restèrent seuls.

Lampagie, reprit le prince, devais-je attendre de toi des reproches aussi sanglan et aussi peu mérités! ne te souvient-il plus de mes préparatifs de guerre? ne te sou-

vient-il plus des promesses de ton père ?
et tu m'as soupçonné de vouloir céder
mon fils ! Lampagie, ma cruelle épouse,
ne me connaît donc plus ! — Eh bien !
pardonne à ma douleur profonde... savais-
je ce que je disais!.. je ne voyais que le
danger de mon enfant.... pardonne-moi....
pardonne... Elle passe sés bras autour du
cou de son cher Monouz, et couvre son
noble front de larmes et de baisers. Après
cette scène touchante, elle lui présente
Eudes en lui disant : Meurs en le défendant ; quant à sa mère, elle ne survivrait
pas à leur douloureuse séparation. Monouz
promit tout; son cœur, sa tendresse paternelle, étaient d'accord avec sa promesse. Ils
prirent de sages mesures pour mettre leur
fils en sûreté.

Laisse-moi le conduire dans un lieu où
tu sois à l'abri des horreurs de la guerre, ô

ma bien-aimée ! après j'irai combattre. Si
le sort trahissait mon espoir, si j'étais
vaincu... Lampagie, j'irais t'enlever à ton
asile, pour te remettre dans les bras d'un
père... Viens, ô moitié de moi-même, viens,
que je ne tremble plus pour ton fils et pour
toi.. ne perdons pas un temps précieux...
Ils partirent. La forteresse de *Livia-Castrum* (1) reçut dans son sein la tendre mère
et l'héritier du valeureux Monouz : une
garnison nombreuse et aguerrie fut chargée
de veiller sur ces précieux dépôts ; un
commandant fidèle et vaillant qui possédait la confiance du gouverneur, jura
au malheureux prince de s'ensevelir sous

----

(1) Munuza fut assiégé dans la forteresse de
Livia-Castrum, près des ruines de laquelle a été
bâti le château de Puycerda.

Duchesne.

les ruines du fort, plutôt que de se rendre, d'abandonner et son poste et sa souveraine.

Monouz ayant pourvu à la sûreté des êtres qui lui étaient plus chers que l'existence, les embrassa mille et mille fois. Adieu, dit-il, chère épouse, adieu ! je te confie mon fils... que dis-je ? puis-je te le recommander.... Lampagie, j'espère encore : le comte Eudes vient à mon secours : en résistant à l'oppression, j'obtiendrai d'honorables conditions : Iscam ne peut consommer son injustice. Abdérame est mon ami, mon bienfaiteur; c'est lui qui me fit élever au rang que j'occupe : voudrait-il faire mon malheur ? Non, c'est impossible. Je le connaîtrais mal, si j'osais penser qu'il se mette au nombre de nos persécuteurs. J'espère encore. Adieu, adieu,

Tome I.   17

Les yeux pleins de larmes, bien qu'il cherchât à les dissimuler, il caressait son fils : quand te reverrai-je, aimable enfant, murmurait-il : qui sait si la mort ne plane pas sur nos têtes. Ah! cher Eudes, si mes yeux ne te revoyaient plus !... si un coup fatal me privait du bonheur de veiller sur toi, de t'arracher à l'esclavage !... Ah pensée douloureuse ! mon fils, mon fils !... Chère épouse, si je succombe, retourne dans ta patrie... qu'Eudes l'adopte pour la sienne... qu'il vive à l'ombre de ses lois, et qu'il ne souffre pas le déshonneur de sa famille en souscrivant aux conditions honteuses qui me furent imposées ... — Et pourquoi ces craintes puériles ! n'es-tu plus le vaillant Munuza ? Quoi, en défendant ton épouse et ton fils, ton courage serait glacé, et tes anciens exploits ne se renouvelleraient plus ! — Ah! tu ne sais

pas les ruses qu'ils vont employer contre
moi! ils vont me déclarer rebelle; ils
vont envelopper dans ma proscription les
braves qui me sont dévoués! je les connais: penses-tu que dans ce nombre, il n'est
aucun de ces vaillans guerriers qui fré-
mira à l'odieuse épithète de traître à la
patrie! beaucoup abandonneront mes
drapeaux : qui sait même s'il ne s'en
trouvera point qui recevront le prix de
notre sang! Chère Lampagie, à quelles
misères ton hymen avec moi ne t'expo-
sera-t-il point! Il la pressait sur son cœur,
et la comblait des plus tendres caresses!

Je les accepte toutes. Crois-tu que la
mort même puisse m'épouvanter! Si notre
trépas assurait le bonheur de notre enfant,
tu m'y verrais marcher sans trembler,
sans frémir et sans laisser échapper
aucun regret, aucune marque de faiblesse!

17..

Monouz, quelle que soit ta destinée , heureuse ou malheureuse , je la partagerai ;
Lampagie à ses derniers momens te mon-
trera qu'elle t'aima pour toi , pour toi seul !
Qui ? moi , je pourrais te survivre ! moi , je
traînerais une vie infortunée sur cette terre
où tu ne serais plus ! cher Monouz , tu sais
trop le contraire ! Va combattre pour sauver ton fils ; va ! si l'univers t'abandonne ,
tu me verras à ton heure suprême !

Après cette tendre assurance , les
époux se séparèrent. Le prince assem-
bla ses troupes sur les frontières de son
gouvernement ; il leur promit des richesses et des honneurs ; il se plaignit de
la cruauté du calife qui voulait lui ravir et son épouse et son fils ; mais il leur
cacha la principale cause qui avait amené
sur sa tête la colère d'Iscam : il connaissait leur attachement pour Mahomet , et

ne doutait nullement qu'elles ne l'abandon-
nassent, si elles étaient instruites que leur
maître exigeait un sacrifice qu'il n'était
plus en son pouvoir de lui accorder, puisque cet enfant appartenait au culte ca-
tholique. Ils lui jurèrent de mourir pour
lui et pour sa famille : ils le jurèrent sur
l'Alcoran. Alors Monouz espéra une heureuse issue de cette guerre ; mais qui peut
compter sur la stabilité des évènemens !

Monouz envoya un courrier au comte
d'Aquitaine pour l'informer que l'armée
du calife avançait vers son gouvernement.
Il lui désignait les places que ses troupes
devaient occuper, les positions qu'il leur
faudrait prendre : il le faisait prier, pour
l'intérêt de sa fille et de son petit fils,
de ne point mettre de retard dans le secours qu'il lui avait promis. Le courrier fit
une prompte diligence ; mais à son arrivée

tout était changé : Eudes avait lui-même
à lutter contre un puissant ennemi : Charles
allait fondre sur ses états.

Le duc des Français avait été instruit
des promesses que le comte avait faites à
son gendre : craignant que leurs forces
réunies ne nuisissent à la chute de son
rival ; il se rappela les anciens griefs que
la France avait contre les seigneurs
d'Aquitaine : il ne se fit aucun scrupule
d'attaquer celui qui déjà voulut se soustraire
à son impérieuse domination : sans déclarer la guerre, il fit approcher une nombreuse armée vers les frontières du comte :
cette attaque subite l'empêcha de secourir
l'époux de sa fille. Eudes chargea le messager d'une missive où sa situation cri-
tique était exposée ; il engageait Monouz
à recourir à la générosité d'Abdérame, son
protecteur et son ami.

La consternation de Monouz fut ex-
trême en apprenant ce fatal incident.
Quel était maintenant son espoir! Iscam
lui-même, Iscam est à la tête de ses soldats; doit-il aller supplier Abdérame!
le doit-il! une telle démarche ne pourrait-
elle pas compromettre son bienfaiteur aux
yeux du calife? Non, il doit supporter
seul le poids du malheur qui le poursuit:
heureux encore, heureux, si son épouse
et son fils ne sont pas enveloppés dans sa
proscription!

Monouz ne se sent pas la force de voir
les larmes d'une mère; il envoie à Lampagie la lettre de son père; il ne peut
quitter ses troupes; déjà quelques-unes
murmurent; déjà des soldats ont reçu des
offres secrètes : il sait que la trahison va
l'environner ; mais rien que le trépas
peut l'engager à céder au barbare sultan.

La fille d'Eudes connaît l'étendue du
danger qui les menace : elle voit que la
fortune trahit et le courage et la justice !
Que faire? son époux court à un trépas
certain : peut-il lutter seul contre les forces
d'Iscam ! Et son fils! son fils ! après la chute
de son père, serait donc esclave ! Plutôt
cent fois la mort..... Elle réfléchit....
gémit et pleure... Que peuvent les larmes
contre les arrêts du destin !

Mille projets s'élèvent dans son esprit :
tantôt elle veut fuir auprès du comte
d'Aquitaine, et opposer son jeune enfant
aux coups des guerriers de Charles Martel :
elle connaît la générosité des Francs, elle sait
que l'innocence et la beauté trouvent toujours en eux de zélés défenseurs. D'autres
fois, elle veut périr aux côtés de Monouz,
en combattant pour son pays et pour son
enfant ! Indécise, désolée, elle implore

le Ciel : le Ciel n'est pas sourd à ses
prières : il lui inspire un grand et périlleux
dessein : puisse-t-il réussir, et puisse sa
démarche n'être point infructueuse !

Suivie de quelques hommes sûrs, emportant son trésor, son cher Eudes, elle
quitte la forteresse et prend la route de
sa patrie : sa diligence est prompte : elle
n'a point consulté son époux. Son chariot vole, il traverse avec rapidité les
distances, et parvient à l'extrémité de
l'Aquitaine. Là, plaçant un voile épais sur
ses traits enchanteurs, elle prit le chemin
du camp du duc des Français.

Elle portait son fils dans ses bras : cet
enfant, d'une beauté éclatante, aurait at-
tendri les cœurs les plus barbares. Lampagie arrive aux premières tentes, et
demande à être introduite dans celle du
prince : son air noble et imposant, ce

jeune enfant, ses riches vêtemens qui semblaient annoncer un rang élevé, tout inspira le respect aux guerriers de Charles.

Un des chefs la conduisit. Général, dit-il, une femme demande à être admise en ta présence, veux-tu la recevoir ? — Elle peut entrer. Lampagie parut aussitôt; sans prononcer un mot; sans relever son voile, elle attendit que le prince donnât l'ordre qu'on les laissât seuls. L'officier sortit sur un geste du maire.

Que veux-tu ? dit Martel avec dignité; en quoi puis-je t'être utile ? parle. — Prince, me reconnais-tu ? Alors elle découvrit sa noble figure. — Vous, madame, vous ici ! — Oui, Martel, c'est moi, c'est Lampagie au désespoir qui vient vous implorer! Quoi! vous qui m'avez aimée, vous qui m'offrîtes votre main, c'est vous-même qui méditez la chute de celui à qui

je dois la vie ! Je viens donc vous prier
d'offrir deux victimes.... Vous dirai-je, seigneur, les dangers de Monouz !... il comptait sur les secours de mon père !... et
Charles paralyse sa bonne volonté...
Charles l'attaque au moment où il allait
secourir son gendre !...— Oubliez-vous,
madame, quel affront j'ai reçu du comte
d'Aquitaine ? — Puis-je l'oublier, puisque moi seule fus la coupable ?... j'ai
trompé mon père, et j'en porte la peine.
D'ailleurs, j'aimais... et Charles Martel ne
doit posséder qu'une femme dont le cœur
soit libre... Mais enfin, je viens, duc des
Français, vous implorer pour mon fils et
pour moi ! — Cet enfant est celui de votre
époux ; madame, je dois le haïr... — Le
haïr ! ah ! regardez-le... aurais-je compté
vainement sur votre magnanimité ! songez,
prince, songez quel effort j'ai dû m'im-

poser... je suis venue dans votre camp...
j'ai tout étouffé.... craintes, fatigues, périls,
j'ai tout bravé... j'espérais en votre générosité ; mon espérance serait-elle déçue?...
aurais-je la douleur de ne point vous attendrir en faveur de mon fils?...

Le fils du gouverneur du Roussillon doit
peu me toucher, madame ; mais je puis
soustraire à tous les malheurs le fils de la
belle Lampagie. Je vous offre mon bras,
ma protection... elle n'est pas à dédaigner... Je vous offre de plus de l'adopter
pour un de mes enfans... Que sa mère accepte ce rang méprisé autrefois... J'oublierai que Monouz fut son vainqueur...
j'oublierai tout... Qu'elle décide... ou
ma haine ou mon amour..... J'écraserai
Eudes, ou bien je doublerai sa puissance.
Choisissez, madame.

— Ainsi j'abandonnerais un infortuné

que tout accable!.. ainsi, j'ajouterais à sa misère!.. moi, qui le choisis dans l'obscurité...
moi, qui l'aimai sans rang, sans richesses ;
moi, qui n'aimai que lui; moi, je lui per-
cerais le cœur, en le séparant de sa femme
et de son fils!... Charles, avez-vous pensé
que j'accepterais une semblable proposi-
tion! moi! — Si vous l'aimez, madame,
vous assurerez sa vie : je puis lui faire obtenir du Calife d'honorables traités... — A
ce prix, il les rejjetterait tous... O mon fils,
je croyais qu'un grand courage s'alliait
toujours aux sentimens généreux... je le
croyais... Hélas! que n'a pu sur mon cœur
l'amour maternel, l'amour conjugal!... Seigneur, vous allez donc accabler mon père...
Adieu. Oubliez ma démarche... oubliez
ma prière... je vais rejoindre mon époux.
Un jour vous regretterez votre sévérité...
un jour vous gémirez sur nous...—Lam-

pagie, arrêtez... je pourrais vous retenir ici, je pourrais abuser de l'abandon où vous êtes... cependant vous êtes libre. Tout peut changer encore : remettez cet enfant dans mes bras, que je devienne son père ; des jours heureux peuvent se lever pour vous et pour les vôtres... — Jamais, jamais ! Adieu, prince des Français ; adieu. Elle serra son fils sur son cœur, et sortit de la tente. Charles n'eut pas même le désir de la retenir.

La noblesse de cette démarche, l'idée que la princesse avait conçue de la grandeur de son âme, suspendirent pour quelque temps les effets de l'inimitié du héros. Sans paraître touché des prières d'une femme, sans vouloir céder à son empire, Martel laissa respirer le comte : les armées éprouvèrent quelque retard dans leur marche ; le général parut attendre d'importans avis, et l'Aquitaine jouit encore d'un repos momentané.

Mais Monouz avait éprouvé de sanglantes défaites; Iscam avait traîné partout la victoire à sa suite. Les amis, les guerriers du vaillant gouverneur, effrayés du nom de *rebelles*, commençaient à ne voir dans sa légitime défense qu'un acte d'impiété envers leur souverain : quelques-uns avaient parlé de soumission; d'autres avaient combattu faiblement ; les soldats, découragés par cette tiédeur et la crainte des supplices, avaient été vaincus facilement. Le désespoir au fond de l'âme, Monouz s'était retiré dans la Cerdagne, où les montagnes lui offraient des retraites inaccessibles, et des défilés où ses ennemis n'oseraient s'engager.

Ce chef avait distribué ses troupes afin d'arrêter le passage de l'armée du Calife :

Ne se trouvant pas éloigné de *Livia cas-*
trum, il alla visiter ces murs qui renfermaient tout ce qu'il aimait. Que devint-il
en apprenant le départ de Lampagie? Déjà
quatre jours s'étaient écoulés depuis le jour
qui l'avait vue quitter la forteresse.

Les pensées les plus sinistres vinrent
l'assiéger. L'amour, la jalousie, le mépris,
le désespoir, se combattirent dans son sein;
tantôt il ne peut croire à tant de perfidie,
à ce cruel abandon; tantôt son silence,
son départ mystérieux ne lui laissent plus
aucun doute sur son crime.

A cette affreuse certitude, ses pleurs
coulent avec abondance : mais son fils.....
avait-elle le droit de le lui arracher! Ah !
malheureux, dit-il, tu regrettes ton fils,
et tu oublies l'esclavage dans lequel il est
près de tomber? Monouz faible, malheureux, va peut-être négliger le soin de sa

gloire et de sa vie! il veut quitter son gouvernement, et, caché sous un vêtement
obscur, dérober ses tristes jours aux regards des humains. Il gémit, et ne rougit
pas des larmes qu'il répand!

Au milieu de la nuit, un chariot allant
avec rapidité, traverse les cours de *Livia* :
Monouz écoute, son cœur bat, sa respiration
est suspendue; si c'était elle! si un regret
la ramenait vers lui... Il s'arrête, il n'ose se
créer une douce espérance; il tremble
plutôt qu'un réveil funeste ne détruise le
songe heureux qu'il vient de se créer.

Un léger bruit de pas retentit près de sa
chambre, la porte s'ouvre vivement : Monouz, Monouz, s'écrie une voix bien chère!
ô mon bien-aimé, c'est toi! embrasse ton
fils, embrasse notre enfant! et la douce
Lampagie remet le jeune Eudes dans ses
bras. Il le prend, l'embrasse avec transport:

sa paupière est humide, mais sa langue est glacée, et ses lèvres ne peuvent prononcer -un mot. La princesse lit dans son âme; elle voit ses soupçons, sa douleur; et se décide aussitôt à lui avouer la démarche qu'elle vient de faire.

Il gardait le silence. Monouz m'a soupçonnée? dit Lampagie. — Il est vrai. Je suis malheureux, et l'âme s'ouvre facilement à la crainte, à la défiance. — Je voulais acquérir un protecteur pour mon fils; je viens du camp de Charles Martel. — Quoi, madame, vous avez été trouver le duc des Français... mon rival... l'ennemi de votre père? — Rassure-toi; je n'ai rien obtenu. — Sans doute il exigeait que tu partageasses sa puissance?..—Eh, qu'importent ses offres? m'eût-il donné le trône du monde entier, j'eusse préféré la misère de mon époux. Mais, pourquoi se rappeler un refus ? je le croyais généreux ; je le jugeais magnanime ; j'ai connu mon erreur : n'en parlons plus.

Monouz confia à la princesse la position difficile où ses troupes se trouvaient ; il lui fit le récit douloureux des échecs qu'il avait essuyés. Bientôt, ajouta-t-il, je n'aurai plus pour refuge que *Livia*. — Ne pourrons-nous y tenir quelques mois, cher prince ? — Cette place est imprenable. — Eh bien ! que peux-tu craindre ? Iscam ne voudra point te réduire, toi et les tiens, au dernier degré du désespoir... Abdérame ne pourra-t-il l'intercéder pour nous ? — Si je suis forcé dans cet asile, plus d'espoir, nous serons perdus... — Ai-je crainte de la mort ? tu me verras la partager avec toi sans frémir... Mais, faut-il se laisser abattre ? opposons la fermeté, le courage, aux cruautés du sort. Souvent une âme qui mé-

prise les dangers, lasse les coups de la fortune... Ne négligeons rien. Va nous défendre,
cher Monouz, va; moi, je reste ici pour
veiller sur notre fils : va. Il embrassa la ver-
tueuse Lampagie et son enfant, et courut rejoindre les guerriers qui lui restaient fidèles.

L'inquiétude, les nouvelles peu satisfai-
santes que la princesse recevait chaque jour
altérèrent sa santé : la source de son lait
vint à se tarir, et son enfant se ressentit
bientôt de cette cruelle privation; il devint
faible, languissant, et la crainte de le perdre
vint se joindre aux autres craintes où la fille
du comte Eudes était en proie.

En vain elle lui donne une autre nour-
rice; en vain le jour et la nuit elle lui prodigue les plus tendres soins; ce fils adoré dé-
périt insensiblement; sa fraîcheur disparaît;
ses formes gracieuses et pleines de vie et
de santé, perdent de leur force et de leur

beauté ; cet enfant chéri est pâle, triste, et le doux sourire qui animait ses lèvres vermeilles a disparu.

Ah ! qui pourrait peindre les alarmes qui agitent le cœur de sa mère ? quelle angoisse elle éprouve ! que faire pour sauver un être si précieux ? Les médecins sont mandés ; ils la rassurent faiblement : mais, dans leur froid maintien, dans leur glaciale consultation, elle a lu l'arrêt de son fils !

Elle ne se permet aucun repos, aucune tranquillité : c'est dans ses bras, sur son sein, que repose cet ange ! quelques remèdes lui sont administrés, ils sont efficaces, et produisent quelque bien : un faible espoir ranime ses esprits abattus.

Monouz accourut aussitôt que Lampagie lui eut mandé le danger qui menaçait les jours d'Eudes. Que cette réunion fut cruelle ! Hélas ! il avait été vaincu de

nouveau, et le Calife avançait rapide-
ment vers la forteresse qui les renfermait.

Lampagie fut peu sensible à ce revers;
un autre objet l'occupait tout entière,
le danger de son enfant : si elle le per-
dait... que lui ferait la vie, l'esclavage,
les fers ou le trépas! Son fils! son fils! tel est
le cri qui s'échappe de son cœur déchiré.

Un guerrier couvert d'armes éclatantes
dirige sa course rapide vers *Livia*. Sa cui-
rasse est incrustée d'or et de bronze; son
casque est ombragé d'un panache couleur
de pourpre; son cheval élégant et vigoureux est né dans les riches plaines de l'An-
dalousie; sa longue crinière est agitée par
les vents, et ses pieds légers semblent à
peine effleurer le sol : le guerrier cependant
le presse encore de la voix et du geste, et
paraît ne point vouloir perdre un instant.
Il s'arrête à la poterne, et demande à parler

au gouverneur. Bientôt il est introduit dans le fort. Ce guerrier est l'illustre Abdérame.

Abdérame connaît l'étendue du péril qui menace son ami ; mais, attaché fidèlement à son maître et au culte de Mahomet, il ne croit pas que, sans se déshonorer, un homme puisse changer de religion et manquer aux sermens qu'il fit à son souverain. Abdérame, habitué aux caresses des esclaves, mépriserait le lâche qui sacrifierait ses devoirs à l'amour qu'une femme lui inspirerait. Aimant encore Monouz, il obtint d'Iscam de nouvelles propositions pour le préserver de sa ruine. Il accourt, espérant ramener au Calife un sujet, un guerrier qui fut long-temps fidèle et vertueux. Il demande un entretien secret avec son ami.

C'est moi, dit-il en relevant la visière de son casque, c'est Abdérame. Je viens te

rappeler à l'honneur, à ce que tu lui dois !
Ami, sais-tu quel nom va flétrir ta mémoire si tu persistes dans ta rébellion! Frémis.... —Ah! ne le prononce pas ! — Et
c'est toi, toi qui t'élevas au premier rang par
ta bravoure et par ton courage, c'est toi-
même qui déshonores les lauriers et ta brillante renommée! Pour quelle cause! pour
un faible enfant, que la mort peut te ravir
d'un instant à l'autre! — Hélas! tu dis
vrai, peut-être. — D'où vient la pâleur qui
couvre ton visage? Serait-elle le fruit du
repentir ou du remords? —Elle est le fruit
de mes malheurs.... —Tout peut encore se
réparer : Iscam, cédant à ma prière, t'offre
d'autres conditions. Ecoute, cher Monouz.
—Parle, parle.

Il permet que tu gardes ton fils! — O
bonheur! ô noble ami! que ne te dois-je
pas! Généreux Abdérame, dispose de mon

bras, de mon épée... Faut-il aller me jeter
aux pieds du calife? Il me laisse mon fils...
Eh bien! à quel prix?.. tous les sacrifices,
je les ferai avec joie, pour mériter une si
grande bienveillance : dis, Abdérame, dis ;
je puis tout céder, tout accorder... Parle,
parle enfin.

Iscam te demande un sacrifice pénible,
peut-être... mais il ne peut l'être. Est-ce
à nous, Sarrasins, à nous, qui pouvons
choisir à notre gré entre les beautés les plus
séduisantes ; est-ce à nous à être esclaves
de l'amour ! esclaves d'une femme ! telle
quelle soit, elle ne peut balancer ni le devoir, ni l'honneur ! Iscam te laisse ton fils...
mais il exige que tu répudies sa mère....
J'ai promis pour toi !

Répudier Lampagie ! et voilà la grâce
que ce tyran me promet ! La répudier !
elle ! elle qui a tout fait pour moi ! plutôt

mille fois la mort ! Puisse-jé, avant de
commettre une telle barbarie, endurer tous
les supplices ! La répudier ! ainsi pour récompenser son amour, son attachement sincère, pur et généreux, j'imprimerais sur son
front le sceau du déshonneur et de l'opprobre ! Abdérame, viens, viens, et juge-moi.

Il conduisit le héros maure à la chambre
de son épouse. Lampagie, belle, quoique
pâle, était appuyée sur le berceau de son
fils : ses beaux cheveux tombaient en boucles ondoyantes sur un cou éblouissant de
blancheur, et d'une forme parfaite ; quelques larmes coulaient seulement sur sa
noble figure : elle voit un étranger s'avancer ;
elle se lève et le salue avec grâce et dignité.
Son doux regard se porte alternativement
du guerrier au berceau du jeune Eudes ; et
ce regard touchant émeut Abdérame jusques
au fond du cœur.

La voilà, dit Monouz avec tristesse, la voilà : regarde, et prononce. Abdérame est touché de la douleur empreinte sur toute la personne de la princesse : jamais aucune femme, sans avoir prononcé un mot, n'avait pris un tel empire sur lui ; ce n'est pas seulement sa beauté qui le subjugue, c'est l'amour maternel qui respire sur ses traits enchanteurs..... Il attend, et paraît craindre de perdre un seul mouvement de l'être gracieux qui se trouve devant lui.

C'est Abdérame, chère épouse, c'est lui, ajoute le gouverneur. — Ah ! prince, s'écrie-t-elle, pardonnez à ma douleur profonde ; mon fils est mourant... Et ses pleurs coulent en abondance sur son visage décoloré. Un silence suivit ces mots. Abdérame la considère encore. Après quelques instans, il prit la main de Monouz, et dit : Ami, tu dois mourir pour elle. Voilà ton devoir. Il la salue respectueusement, et sort.

Tu l'as vue, et tu approuves ma résistance, généreux ami ! ô viens ! viens encore ; je suis tellement certain de ta loyauté, que je puis te faire connaître mes ressources, et les mesures que j'ai prises pour ma défense ! Viens, ami, viens. Monouz entraîne Abdérame aux fortifications ; il lui fait voir d'immenses magasins de vivres, d'armes et de provisions. A présent, dit-il, que je puis tenir long-temps contre toutes les forces d'Iscam ; dis si je puis commettre la lâcheté que ce prince veut m'imposer ! Abdérame, vois-tu ce sentier ? il est impraticable ! Du haut de cette tour, je puis écraser mes ennemis. Ce fort est imprenable : ces rochers me garantissent de toutes parts. Quel est le soldat intrépide qui oserait les franchir ? la mort punirait son audace. Avec une poignée de braves, je puis défier une nombreuse armée. Le calife se lassera plus tôt que moi... Si j'étais trahi par quelques-uns des miens.... Abdérame, je m'ensevelirais sous les ruines de *Livia Castrum*. Mais répudier Lampagie! jamais! jamais! — Non, brave Monouz, non, tu ne le peux, tu ne le dois pas. Adieu, cher et malheureux ami, adieu; puisse le destin te devenir prospère! Je vais rejoindre Iscam, et lui demander une destination pour l'Afrique... Adieu, Monouz, adieu; peut-être ne nous reverrons-nous plus. — Illustre ami, si ma mémoire t'est chère, si tu donnes quelques regrets à mon triste sort, je ne regretterai point le trépas, et ne gémirai pas sur les malheurs qui vont m'accabler. — Toujours ton ami, toujours, jusque par-delà le tombeau.... Embrassons-nous. Compte sur les efforts d'Abdérame pour retarder les coups auxquels tu vas

être en butte. Séparons-nous. Adieu encore une fois. Il s'éloigna.

Abdérame rejoignit le camp de son souverain : il se précipite dans la tente, et,
s'inclinant devant Iscam , il s'écrie : Toi,
qui tiens en tes mains la destinée de Monouz, ne sois pas insensible à ma prière ,
magnanime sultan ! fais-lui grâce entière ,
et ne le force pas à se séparer de son épouse !
Il ne le peut. — Ainsi, il rejette mes bontés ! il périra ; plus de délais : allons punir
un rebelle. J'ai trop tardé.

Prince, j'ai vu Lampagie... jamais rien
de plus beau , de plus parfait ne s'est offert à mes regards.... Qu'elle est belle et
touchante ! D'ailleurs, son époux ne peut
lui faire un aussi cruel affront : elle est
d'un rang illustre ; et le sang dont elle sort,
est le sang des rois. Non, seigneur, non, tu
ne commettras point une si grande injus-

tice.... Moi-même, moi, Abdérame, je
regarderais Monouz comme un lâche, si la
crainte pouvait lui faire abandonner celle
qui s'est confiée à sa loyauté. Calife, je lui
ai conseillé de mourir en défendant et sa
femme et son fils. Je l'avoue, elle mérite
les respects et les adorations de l'univers.

Tu l'aimes sans doute? dit Iscam avec
ironie; tu l'aimes, sévère observateur des
lois de l'hyménée, sage Abdérame?—Moi,
l'aimer! non, prince, je l'ai vue près du lit
de son fils mourant : la pitié, le respect,
la compassion pour une douleur si touchante et si vraie, m'ont ému et m'ont ôté
la force de m'élever contre elle! j'allais
arracher un ami à son empire, et je fus le
premier à lui prescrire son devoir. Sultan,
tu ne peux, sans crime, poursuivre ces
époux infortunés.... Quant à mon bras, il
ne s'élèvera jamais contre l'innocence et la

beauté malheureuse! Iscam, pour conti-
nuer cette guerre inique, appelle d'autres
lieutenans. Envoie Abdérame combattre les
Persans.

Ainsi Abdérame se ligue avec mes sujets
révoltés! ainsi, le guerrier dans lequel j'ai
mis ma confiance, prêtera son appui à
l'homme qui outrage ma puissance! — Je
puis plaindre l'erreur d'un ami, prince,
sans être coupable; mais tu ne peux me
forcer à river ses fers et à lever mon épée
contre lui : si tu l'ordonnais, je refuserais. Il
est d'autres ennemis; dis un mot, et je
marche contre eux. Quant à Monouz, je
l'aime, et je te supplie encore de lui pardonner. — Jamais! Moi seul saurai abattre
son audace; moi seul, foulerai aux pieds le
rebelle. Après, je déciderai du sort de cette
femme, qui séduit tous ceux qui l'appro-
chent.

Il poursuit ses projets. Il connaît Abdérame; il sait que ce général rend peu d'hommages à la beauté : la gloire, le désir d'il-
lustrer son nom, de rehausser l'honneur
du diadème de son monarque, sont ses
uniques pensées : si la fille d'Eudes a pu
l'attendrir et toucher cette âme altière, elle
doit être effectivement au-dessus de toutes
les autres femmes. Si les désastres de son
époux la forçaient à lui demander grâce! il
est un prix pour lequel elle obtiendrait la
grâce de Monouz.... elle seule pourrait flé-
chir un vainqueur irrité. Rempli de ces
idées, il demande de nouvelles troupes, et
marche sans retard contre un sujet qui a
mérité sa haine et son courroux. Abdérame,
ne voulant pas être témoin de la chute de
son malheureux ami, partit pour l'Asie.

Tandis qu'une nouvelle cause aigrit
encore l'ennemi de ce couple infortuné, il

gémissait sur la destruction prochaine de
l'être aimable qu'il adorait : cet enfant,
première source de leurs misères, allait leur
être enlevé; la mort s'avançait à pas lents :
chaque instant détruisait une dernière espérance, et sa pâleur et sa faiblesse annonçaient que le trépas allait bientôt dévorer
cette tendre proie.

Lampagie était attentive à tous les mouvemens de son cher Eudes ; si une faible
rougeur remplaçait sa blancheur livide, un
rayon d'espoir faisait battre son cœur : si
un sourire éphémère errait sur les lèvres de
ce fils adoré, elle osait se flatter que le ciel,
touché de la douleur d'une mère et de ses
ferventes prières, lui rendrait un bien
sans lequel l'existence lui serait insup-
portable.

Mais qui peut lutter contre les décrets
éternels? qui peut lire dans leur profon-

deur ? qui sait si la main puissante de Dieu, en nous enlevant un être chéri, ne lui épargne pas des malheurs sans nombre ? Savons-nous, faibles mortels, quelle serait sa destinée ? pouvons-nous savoir si cette bouche qui respire l'innocence, un jour ne sera pas l'écho du mensonge et de la perfidie ? Savons-nous si ce cœur que nous nous plaisons à former aux vertus, un jour n'enfantera point les crimes les plus noirs et les plus odieux ? Ah ! qu'il serait préférable pour l'humanité, que celui qui doit porter le deuil et la désolation au sein de sa famille, en naissant fût proscrit par la nature ! Quelques larmes arroseraient son jeune cercueil ; la malédiction paternelle et l'exécration de la société n'accompagneraient pas sa dépouille mortelle ! Aimable fils de Munuza, tu vas quitter la terre pour habiter une céleste demeure ! puissent tes

prières et tes vœux adoucir les misères qui
vont poursuivre tes parens !

Eudes dormait d'un sommeil doux et paisible : Lampagie , fatiguée de ses longues
veilles et de sa pénible agitation , insensiblement se laissa entraîner à partager son
repos : le calme qui régnait dans l'appartement, le charme qui berce le malheureux
jusqu'au tombeau, tout contribua à éloigner pour quelques instans les chagrins de
cette tendre mère.

Un songe gracieux vint ajouter à son
bonheur , elle voyait son fils brillant de
santé et de vigueur : ses yeux étincelans
répandaient une flamme céleste : sur son
front radieux, se voyait une couronne......
le regard de la princesse n'en put soutenir l'éclat; elle baisse ses longues paupières : mais peut-elle être un moment
sans fixer cet enfant bien-aimé ! elle reporte

vers lui son œil maternel; il lui sourit,
lui tend les bras, et les attache avec force
autour de son cou; sa jolie tête s'approche
de sa figure, et ses lèvres pressent les
lèvres de son heureuse mère ! Son sommeil
se prolonge dans cette douce extase, et son
imagination lui fait voir Eudes resplendis-
sant de force et de beauté.

Aucun n'osait troubler leur tranquilité;
tout était paisible dans la chambre fatale:
Lampagie cependant, à travers le sommeil
qui l'accablait encore, sentait descendre
au fond de son cœur un sentiment de terreur et d'effroi. Ce songe heureux ne ras-
sure plus sa tendresse inquiète : une crainte
vague l'assiège ; des sons plantifs s'échap-
pent de ses lèvres, et des larmes involontaires
coulent de ses paupières fermées: ce mal-
aise, ce funeste pressentiment la réveillent;
elle se sent pressée par les bras de son en-

fant : transportée, elle espère que ce rêve est l'avant-coureur de la guérison du fils chéri qu'elle a craint de perdre , et dont elle tremblait d'être séparée à jamais !

Une minute elle crut à la réalité de ce songe, une minute elle goûta le bonheur le plus vrai, le plus pur... La tête d'Eudes était penchée sur son sein, et ses mains se trouvaient posées sur l'épaule de sa mère... mais qui pourrait dépeindre son angoisse mortelle, quand ses mains se détachèrent, et que cette tête charmante retomba sans force ! ô quelle douleur déchira ses entrailles ! quelle peine affreuse elle ressentit ! cet enfant adoré n'a plus de mouvement, et son cœur ne bat plus ! Un cri perçant s'échappe de ses lèvres tremblantes, et retentit par toute la forteresse.

On accourt : Monouz, Monouz s'avance vivement : Contemple , dit-elle , ô père malheureux, contemple les restes de ton fils ! le voilà cet objet de notre sollicitude, le voilà privé de sentiment ! mon cher Eudes ! mon unique enfant ! mon bien ! ma vie ! toi dont je me plaisais à considérer l'éclatante beauté ! toi qui étais mon orgueil et ma joie ! le ciel me punit... Et l'infortunée pressait avec force le corps de son fils sur son cœur déchiré !

Elle s'endormit de fatigue et de douleur; en vain on voulut, pendant son sommeil inquiet et pénible, lui enlever son enfant; son instinct maternel le retenait : des sanglots sortaient de ses lèvres, et des gémissemens s'échappaient de sa poitrine oppressée; on craignit de troubler le repos dont elle jouissait : elle garda sur ses genoux son bien-aimé Eudes.

Le jour reparut; avec lui revint le sentiment de son malheur. Lampagie, l'œil égaré, la douleur empreinte sur les traits, ne paraissait plus que l'ombre d'elle-même : en vain son époux la suppliait de vivre pour lui ; insensible à ses discours, insensible à ses pleurs, une seule pensée l'occupait, un seul mot sortait de sa bouche glacée, et ce mot touchant était : mon fils! mon fils!

Elle était mourante et désespérée ; un vieil Arabe se présente : Princesse, dit-il, cet enfant que tu pleures, peut encore renaître à la vie! je sais composer l'essence qui peut arracher les mortels au trépas... mais il faut, madame, avoir une entière confiance en mes paroles, en ma science.. il faut suivre aveuglément mes ordres... — Homme généreux, s'écrie la tendre mère, si tu pouvais me rendre ce fils adoré! parle, ô parle, je t'obéirai... — Eh bien! ce sont vos mains qui doivent cueillir les simples qui entrent dans cette importante composition; je vous les indi-

querai... — Ah! marchons, marchons, mon
sauveur.. mon bienfaiteur... ne tardons pas.

Il n'est pas temps encore... à l'heure
solennelle de minuit, à cette heure, où les
âmes des êtres vertueux quittent leurs cer-
cueils pour visiter ceux qui leur ont été
chers : à cette heure suprême, où l'âme du
criminel vient errer dans les lieux où il
commit ses forfaits ; ce'est à cette même heure
qu'il nous est permis de nous occuper de
cette œuvre merveilleuse.. madame, oserez-
vous me suivre dans les vallées, sur les
montagnes, et même sur les bords des torrens et des abîmes ?? — Partout, partout...
pour racheter mon fils, que ne puis-je
verser jusqu'à la dernière goutte de mon
sang!.. — Il ne faut point que d'autres yeux
que les vôtres et les miens, soient présens à
nos mystères... oserez-vous être seule?..
— J'irai seule ; ne serai-je pas accompagnée

par l'espoir et par le souvenir de mon fils?
Arabe, j'irai seule : à minuit.

La nuit vient : nuit attendue avec la plus
vive impatience. En vain Monouz engage
son épouse chérie à permettre qu'une escorte suive ses pas jusqu'à la première vallée; Lampagie refuse : que puis-je craindre ?
lui dit-elle; qui oserait outrager une mère ? ne
vais-je pas, pleine de confiance, sur les traces
du sauveur de mon fils ? non, cher Monouz, non, je ne crains rien. Et la tendre
mère partit. L'Arabe la devançait.

La pâle lumière de la lune guidait leur
course nocturne : l'Arabe la dirigeait vers
les monts qui séparaient *Livia* de la riche
Aquitaine; Lampagie étonnée s'arrêta, et
dit : Tu t'égares, sage étranger ; je ne veux
point quitter ma nouvelle patrie; je ne
veux point abandonner les cendres de mon
fils; je ne veux pas retourner dans les états

de mon père. Arrête un moment... — Si j'ai paru m'éloigner de la route, madame, c'est par la crainte de tomber dans les déta-chemens qui sont répandus de tous côtés; j'ai voulu leur dérober notre marche; princesse, nous voici loin d'eux ; entrons dans cette vallée.

Là-bas, reprit l'Arabe, est le sommet de la montagne où croissent les simples dont j'ai besoin.... — O bonheur ! dit la jeune mère, avançons. Elle presse sa mar-che, gravit les sentiers les plus difficiles, oublie la fatigue; ne sent point les cail-loux qui déchirent le tissu qui enveloppe ses pieds délicats, avance avec espérance et intrépidité, et bientôt arrive sur l'or-gueilleuse cime du mont. L'Arabe la suivait.

Un effroi douloureux la saisit : elle s'a-perçoit qu'elle est trahie ; sur le plateau elle distingue des tentes, des armes, des

guerriers : un cri lui échappe : Malheureuse, dit-elle; hélas! je ne reverrai plus
mon fils. Des torches résineuses sortent de
toutes parts : Lampagie est environnée par
de nombreux soldats, elle n'essaie point
de fuir : la douleur a glacé son âme, et le
cruel découragement s'est emparé de ses
esprits; elle tombe sur la terre sans force
et presque sans mouvement; des esclaves la
transportèrent dans une tente magnifique.

Sur des coussins de pourpre, un homme
était assis : son riche turban, sa brillante
aigrette et la couronne qui ceignait son
front, annonçaient le rang suprême : à
la vue de la princesse d'Aquitaine, il se
lève, et la fait placer sur les mêmes coussins qu'il venait de quitter. Des femmes entrèrent, et donnèrent à Lampagie les secours dont elle avait besoin.

Iscam, car c'était lui, dévorait d'un œil ar-

dent sa pâle victime : il murmurait les paroles
d'Abdérame, *jamais rien de plus beau ne s'é-*
tait offert à ses regards. Et cette femme,
cette éclatante beauté, était le partage d'un
de ses sujets ! d'un de ses sujets révolté !
La colère, la jalousie, et l'orgueil des
princes, tout lui inspira le désir d'avoir en
sa possession celle qui avait osé le braver ;
farouche, et roulant dans sa pensée de sinistres projets, il attendait avec impatience
qu'elle fût en état de l'entendre : enfin, les
couleurs de son teint se ranimèrent.

Épouse d'un rebelle, sais-tu quel châtiment lui est réservé ? dit-il d'une voix sombre : sais-tu que mille bras sont levés pour
accomplir la vengeance du calife ? sais-tu
que sa tête est mise à prix ? Tu peux encore
le sauver : tu peux encore l'arracher aux
périls qui le menacent... dis un mot ; Iscam
va retirer les troupes qui l'assiègent dans

son dernier asile... dis un mot, il va rentrer dans ses honneurs, et dans toutes ses digni-tés.. —Ce mot, quel est-il?—Consens à te séparer de lui... consens à partager la puis-sance du souverain des Maures... — Guer-rier, que me proposes-tu? j'ai refusé Martel; Martel, ton ennemi... Martel, le plus grand des capitaines de l'univers : et j'ac-cepterais l'honneur d'être une des nom-breuses concubines du faible et déloyal Iscam?.. moi fille d'Aquitaine, moi qui descends des illustres rois francs!..—Con-nais-tu celui que tu oses insulter ? — C'est toi : tu es Iscam. — Eh bien, je cesse de me contraindre : tu es en mon pouvoir : j'ai voulu juger si ta beauté répondait à sa re-nommée... tu es belle; et ces murs te ren-ferment. — Lâche sultan, penses-tu m'in-timider? — Femme faible, que feras-tu? — Noble tâche pour un souverain, que

celle de violer toutes les lois humaines ! le
rapt, l'injustice , la violence, sont les tro-
phées dont tu peux t'honorer... barbare,
avais-tu le droit d'enlever une mère au
cercueil de son fils ?.. ô restes précieux de
mon enfant, je ne vous reverrai plus...
Cendres aimées, je ne vous arroserai plus
de mes larmes... nous sommes séparés...

Tu peux les revoir : je puis forcer Monouz à te les rendre : crois en mon expé-
rience, il te cédera sans peine : nos lois nous
affranchissent aisément de la foi conjugale,
et nos mœurs ne nous font pas un devoir
de la constance, de la fidélité... Ce Monouz
auquel tu as tout sacrifié, au fond du cœur
désire peut-être se trouver affranchi du joug
pesant que lui impose ton hyménée.. L'amour
n'est point dans ces climats l'unique affaire
de notre vie... le plaisir, le changement de
sensations, voilà le but de nos attachemens...

Monouz est homme, Monouz a long-temps
suivi nos mœurs et nos goûts : tu es belle, Lampagie, mais n'espère pas changer le cours de
la nature, cède à la nécessité... J'ai su te conquérir ; qu'importe que ce soit par la ruse ? tu
es dans mon camp, l'univers réuni ne saurait
t'en arracher ; abandonne ton époux : tu
partageras et mon lit et mon trône : si tu
refuses.... crains un sort rigoureux.... tu es
en ma possession, je t'en dis assez.

Iscam, le sort que tu me laisses entrevoir
pourrait m'épouvanter s'il ne me restait pas
quelques moyens de me soustraire à ton
injuste pouvoir. Le ciel ne m'abandonnera
pas ; je mets en lui toute ma confiance ;
mais, dût-il me délaisser au milieu de cette
tente, au milieu de tes soldats, au milieu
de ton camp, je ne te craindrais point....
Sultan, tu voudrais m'inspirer de la défiance contre mon époux ! c'est impossible...

Non, que je prétende avoir un mérite su-
périeur : je connais son âme, je connais
sa loyauté, et, le dirai je ? je sais apprécier
son sincère et profond attachement. Quand
même il pourrait manquer à ses devoirs, serait-ce un motif pour que je manquasse aux
miens? en serais-je moins épouse et mère ?
mère ! infortunée, tu ne l'es plus ! Iscam,
jamais ce cœur déchiré ne te pardonnera
de m'avoir si cruellement trompée ; d'avoir
fait servir au plus odieux subterfuge, le
plus sacré des devoirs... ô fatale confiance !
ô noble et saint enthousiasme !.. je croyais
sauver mon enfant... et je fus indignement
jouée!.. Iscam, tu peux disposer de ma vie,
mais non pas de mes plus chères affections.... Jusqu'au tombeau, j'adorerai Monouz ; jusqu'au tombeau je porterai le nom
de son épouse. Iscam, je ne te crains pas,
je te méprise et je saurai mourir. — Va,

orgueilleuse Lampagie , je saurai abaisser
tant de fierté... Cet époux te reste , sur son
corps palpitant je recevrai ta main. J'ai su
le décevoir..... d'autres ruses sauront le
mettre dans mes fers... Un seul coup paiera
ses crimes et sa trahison. Un sourire méprisant fut la réponse de l'illustre prison-
nière. Iscam, courroucé , sortit ; et Lampagie fut délivrée de son odieuse présence.

La fille des nobles comtes d'Aquitaine se
vit renfermée étroitement. Aucune voix
amie ne venait interrompre sa triste solitude : les femmes qui la servaient étaient
muettes comme la tombe ; et l'oreille de la
princesse n'entendait d'autre bruit que
celui de la marche des soldats qui gardaient
la tente où elle était captive : ses larmes
étaient ses seuls plaisirs et son unique distraction. Elle aimait leur amertume, et se

flattait que bientôt elle n'en répandrait
plus. Elle appelait le trépas dans les prières,
et dans les vœux qu'elle adressait au Tout-
Puissant.

Une nuit elle goûtait un léger repos :
depuis près de huit jours elle en était
privée. Tout à coup elle crut entendre des
pas approcher doucement du lit où elle
se trouvait; une terreur affreuse s'empare
de tout son être; elle ne doute pas qu'Iscam
ne vienne à cette heure pour accomplir de
sinistres desseins; elle ouvre les yeux, se
lève précipitamment, et reste glacée d'horreur en apercevant un guerrier devant
elle ; un cri d'effroi va lui échapper : la
main de l'inconnu se place sur ses lèvres,
il murmure : silence, ou vous êtes perdue,
madame ; silence ! suivez-moi. Il soulève
la visière de son casque; Lampagie reconnaît l'illustre Abdérame. Elle lui confie sa

destinée, et le suit sans faire la moindre
objection.

Il lui jette sur les épaules un de ses riches
manteaux : il enveloppe sa longue et brillante chevelure sous un casque élégant.
Sûr qu'elle ne peut être reconnue, il traverse avec la princesse, et les gardes, et le
camp, et toute l'armée. Abdérame se
nomme : toutes les lances, tous les glaives
s'inclinent devant lui. Ils franchissent enfin
les dernières sentinelles. Bientôt ils se mirent en route par des sentiers frayés par
les Maures; sentiers inconnus aux vaincus,
et qu'ils traversent lorsqu'ils veulent dérober leurs traces à l'ennemi. Lampagie,
bien qu'elle ressente une grande fatigue,
n'éprouve point la moindre crainte : n'est-
elle pas sous la garde de l'ami de son cher
Monouz ? La nuit se passe en courses pénibles. L'aube du jour permet enfin d'aper-

cevoir les hautes tours de *Livia Castrum*.
La princesse élève au ciel ses yeux recon-
naissans, et présente sa main au noble guerrier. Ce fut l'unique remerciement qu'elle
put lui faire en cet instant; son cœur était
trop plein; la parole expirait sur ses lèvres,
elle ne trouvait plus ni de force ni de voix.
Encore peu d'instans, et Lampagie sera
sauvée.

Auprès d'un riant vallon, un Arabe
tenait deux superbes coursiers : Abdérame
aide à la princesse à se placer sur l'un
d'eux : le héros monte le sien. Fiers de leur
noble fardeau, ils volent et, parmi des tourbillons de poussière, se dérobent bientôt
à la vue. L'épouse de Monouz respire,
et remercie son libérateur.

Vous ne me devez rien, madame, dit-il,
je sers mon ami, et j'empêche le calife
de consommer une iniquité ! Un des miens,

lié avec l'Arabe qui vous a fait tomber
dans un indigne piége, apprit de lui cet
attentat; il vint aussitôt m'en instruire ;
j'allais m'embarquer pour l'Asie, j'appris
votre malheur, et courus à votre secours.
Voilà tout, madame. Je le répète, vous ne
me devez aucune reconnaissance.— Généreux prince, noble ami, répondit-elle.

Bientôt les échos des montagnes retentirent du bruit des armures et de celui des
chevaux : Abdérame s'arrête; il écoute. Je
n'en doute pas, dit-il, nous sommes pour-
suivis... Madame, suivez le guide auquel
je vous confie, et laissez-moi seul affronter
le courroux du sultan. — Quoi, je vous
quitterais au milieu du danger que vous
affrontez pour moi! non, non. — Ne
craignez rien. Iscam saura me respecter.
Fuyez, fuyez, et rejoignez Monouz. Il
indique le chemin qu'il faut suivre, et

marche au - devant des soldats qui des-
cendaient précipitamment une colline.
Lampagie disparaît sous la voûte d'un
rocher.

FIN DU TOME PREMIER.

www.ingramcontent.com/pod-product-compliance
Lightning Source LLC
Chambersburg PA
CBHW070514030726
47503CB00004B/1263